SOMERSET
MAUGHAM
*Das Lied des
Flusses*

SOMERSET MAUGHAM
Das Lied des Flusses

Reiseskizzen aus China

Aus dem Englischen
von Raymond G. May und
Leni Rhan-Oswald

nymphenburger

Titel der Originalausgabe: *On a Chinese Screen*,
zuerst veröffentlicht in den *Travel Books*
bei William Heinemann Ltd., London

© 1922, 1955 by W. Somerset Maugham;
für die deutsche Ausgabe: Limes Verlag 1962;
für die vorliegende Ausgabe: nymphenburger in der
F. A. Herbig Verlagsbuchhandlung GmbH, München, 1993
Alle Rechte, auch der photomechanischen
Vervielfältigung und des auszugsweisen
Abdrucks, vorbehalten.
Umschlaggestaltung: Wolfgang Heinzel
Umschlagmotiv: ZEFA, Düsseldorf
Druck und Binden: Wiener Verlag, Himberg
Printed in Austria
ISBN 3-485-00677-7

INHALT

	Vorwort	7
I	Der Vorhang hebt sich*	12
II	Das Wohnzimmer der Dame*	14
III	Der Mongolenhäuptling*	16
IV	Der rollende Stein*	18
V	Der Minister*	21
VI	Dinner Partys	25
VII	Der Altar des Himmels	31
VIII	Die Diener des Herrn	32
IX	Die Herberge	36
X	Die Rumpelkammer	40
XI	Furcht	43
XII	Das Bild*	51
XIII	Ihrer Britischen Majestät Repräsentant	52
XIV	Die Opiumhöhle*	55
XV	Die letzte Chance	56
XVI	Die Nonne*	58
XVII	Henderson	60
XVIII	Tagesanbruch	63
XIX	Der Punkt der Ehre	66
XX	Das Lasttier	70
XXI	Dr. Macalister	73
XXII	Die Strasse	77
XXIII	Gottes Wahrheit	82
XXIV	Romanze	85
XXV	Der grosse Stil	90
XXVI	Regen	94
XXVII	Sullivan	98

XXVIII	Das Esszimmer	100
XXIX	Arabeske	103
XXX	Der Konsul	104
XXXI	Der junge Bursche	111
XXXII	Die Fannings	113
XXXIII	Das Lied des Flusses	118
XXXIV	Fata Morgana	120
XXXV	Der Fremde	122
XXXVI	Demokratie	127
XXXVII	Der Adventist des Siebten Tages	131
XXXVIII	Der Philosoph	133
XXXIX	Die Dame von der Mission	144
XL	Eine Partie Billard	147
XLI	Der Kapitän	149
XLII	Die Sehenswürdigkeiten der Stadt	151
XLIII	Die Nacht fällt ein	156
XLIV	Der normale Mann	157
XLV	Der alte Mann	162
XLVI	Die Ebene	166
XLVII	Bankrott	168
XLVIII	Der Theaterwissenschaftler	170
XLIX	Der Taipan	175
L	Seelenwanderung	186
LI	Das Fragment	187
LII	Einer der Besten	192
LIII	Der Seebär	194
LIV	Die Frage	200
LV	Der Sinologe	202
LVI	Der Vizekonsul	204
LVII	Die Stadt auf dem Felsen	209
LVIII	Ein Trankopfer für die Götter	213

Die mit * bezeichneten Stücke übertrug Leni Rhan-Oswald, alle anderen Raymond G. May.

Vorwort

Als ich im Begriff war, das Material für einen Sammelband meiner Kurzgeschichten zusammenzustellen, bemerkte ich, daß der Band DAS LIED DES FLUSSES Erzählungen enthielt, die mit ein wenig Arrangement durchaus darin hätten aufgenommen werden können. Das heißt nicht, daß sie erfunden waren. Es waren unmittelbare Berichte (fast im französischen Sinn der Reportage) über die Eindrücke, die ich von den Menschen empfangen hatte, die mir begegneten, und von ihren Lebensumständen, die sie mir enthüllten. Mit einigen Zeilen der Einleitung hätten diese Stücke sehr wohl für Kurzgeschichten gelten können, weil zu einer gewissen Zeit meines Lebens beinahe jedermann, der mir begegnete, beinahe alles, was ich erlebte, jeder Vorfall, dessen ich Zeuge war oder von dem man mir berichtete, sich zu einer Kurzgeschichte formte. Im Lied des Flusses erzählte ich nicht Erfundenes, ich berichtete Fakten; in der Tat, weit davon entfernt, diese Fakten auszuschmücken, um sie effektvoller zu machen, wie es der erzählende Autor berechtigterweise tut, war ich darauf bedacht, sie zu vereinfachen, wenn sie mir zu phantastisch erschienen, um glaubhaft zu sein.

Das Lied des Flusses ist kein Buch, sondern Material für ein Buch. Bis das Alter meine Wanderlust dämpfte, liebte ich das Reisen. Ich liebte das Gefühl der Freiheit von Verantwortlichkeit, das es mir gab. Es schien mir damals, als breite sich die Zeit niemals so weit vor uns aus wie auf einer Reise, und wenngleich man vielleicht nur wenig von dem tut, was man sich vorgenommen, so hat man doch das Gefühl, für alles Muße zu haben. Man hat lange, leere Stunden, die man vertrödeln kann, ohne die unbehagliche Gewißheit, daß die Zeit flieht und kein Augenblick vergeudet werden darf. Ich kann sehr wohl ohne Komfort auskommen, wenngleich ich den Reisenden für einen Dummkopf halte, der sich nicht soviel davon sichert wie möglich. Ich esse gern gut, aber in jenen Tagen konnte ich die gröbste und (was schlimmer ist) eintönigste Kost genießen. In der Südsee habe ich Tag für Tag mit unvermindertem Appetit Hackstück gegessen (obwohl ich zugebe, daß mein Magen sich beim bloßen Anblick hob, als man mir bei der Rückkehr nach San Franzisko eines anbot); und auf einer Insel des Malaiischen Archipels habe ich dreimal am Tage Bananen gegessen, weil es sonst kaum etwas zu essen gab. Allerdings habe ich mich seitdem nach Bananen nicht mehr gesehnt. Ich habe sehr bequem auf einer Matte in einem Eingeborenenhaus in Savaii geschlafen und luxuriös in einem offenen Boot auf einem chinesischen Fluß. Ich habe glänzend geschlafen in einer Barkasse auf Säcken voll Kopra, und man könnte schwerlich etwas Klumpigeres finden. Aber wie wunderbar waren diese sternfunkelnden Nächte unter dem Kreuz des Südens! Ich liebte es, Menschen kennenzulernen, denen ich nie wieder begegnen würde. Ich fand niemanden langweilig, von dem ich annehmen konnte, daß ich ihn nur ein einziges Mal im Leben sehen würde. Es war interessant, Vermutungen darüber anzustellen, was für eine Art Mensch er war, und ihn mit andern desselben Typs zu vergleichen, denen ich zuvor begegnet war. In den meisten Fällen unterteilen sich die Men=

schen in eine kleine Anzahl verschiedener Typen, und man hat das Vergnügen, die Züge und Idiosynkrasien zu erken= nen, die man erwartet. Und genauso, wie man zuweilen einen Natureffekt sehen wird, den man aus dem Bild eines bestimmten Malers kennt, so wird man Menschen begeg= nen, von denen man in Büchern gelesen hat. So war zum Beispiel damals der Kipling-Charakter im Osten keines= wegs selten. Ich weiß nicht, ob er ein Abkömmling jener Männer und Frauen war, die Rudyard Kipling im Indien von vor vierzig Jahren beschrieben hatte, oder ob er sich durch fleißige Lektüre dieser guten Geschichten entwickelt hat. Es war komisch, ihn die wohlbekannten Redewendun= gen gebrauchen zu hören, und ihn, als wäre es ihm so natürlich, die Haltung der Welt gegenüber einnehmen zu sehen, die selbst damals schon so überlebt war. Und dann war da die Erregung, wenn man hier und da, sehr selten natürlich, jemandem begegnete, der sich von allen andern unterschied, die man jemals kennengelernt hatte. Man fand ihn an unvermuteten Orten, an Bord eines seeuntüchtigen Dampfers, weitab in einer mauerumgebenen Stadt an der tibetischen Grenze oder auf einer Kokosnußplantage auf den Aroe-Inseln. Einsamkeit, ein ungewöhnliches Leben ha= ben ihm die Möglichkeit gegeben, sich auf eigene Weise zu entwickeln, unbehindert von unserer westlichen Zivilisation, die den Menschen zumindest äußerlich (und ach, wie sehr wird das innere Leben vom äußeren beeinflußt!) eine gleiche Form aufzwingt. Der Mann mag nicht sehr intelligent sein. Er mag sogar ein wenig verrückt scheinen. Er mag unmo= ralisch sein, unaufrichtig, ungeschliffen, vulgär und grob; aber du lieber Himmel, er ist sonderbar. Er scheint beinahe einer andern Spezies zugehörig. Wenn du dich für die

menschliche Natur interessierst, hüpft dein Herz. Du emp=
findest, während du mit ihm sprichst, die gleiche heitere
Gelassenheit wie beim Anhören großer Musik. Es ist etwas
Herzerfrischendes in solchen Menschen. Sie scheinen die
Welt zu besitzen, weil sie, wie ich vermute, mit Hilfe der
Natur, etwas aus sich gemacht haben, das sich von der All=
gemeinheit abhebt. Für sie ist sie ein Mittel, ihre Einzig=
artigkeit zu erschaffen.
Ich ging 1920 nach China. Wenige Jahre zuvor war die
Ching-Dynastie gestürzt worden, und das Land war, unter
militärischer Diktatur, hinreichend befriedet, um dem Rei=
senden Freizügigkeit zu gestatten. Ich führte kein Tagebuch,
denn das ist etwas, das ich seit meinem zehnten Jahr nicht
mehr zu tun imstande war, doch ich machte Aufzeichnun=
gen über Menschen und Orte, die mein Interesse erregten.
Ganz unbestimmt dachte ich, sie würden sich in Erzählun=
gen oder einem Roman verwenden lassen. Sie mehrten sich,
und mir kam der Gedanke, daß ich daraus eine zusammen=
hängende Erzählung über meine Reise machen könnte.
Heimgekehrt, begann ich sie zu sortieren. Es war nicht leicht
daraus klug zu werden, denn nur wenige waren mit Feder
und Tinte geschrieben; größtenteils waren sie mit Bleistift
auf am Wege gekauftes gelbes Packpapier hingeworfen,
wenn ich, vom Gehen ermüdet, von meinen Trägern in einer
Sänfte getragen wurde, oder, in einem Flußboot sitzend, auf
dem Schoß, kritzelte. Als ich sie aber einigermaßen geordnet
hatte, schienen sie mir eine Frische zu besitzen — denn sie
waren gemacht, als die Eindrücke noch lebendig waren —,
die sie vielleicht verlieren würden, wenn ich sie zu einer Er=
zählung der Art ausarbeitete, wie ich sie zunächst beabsich=
tigt hatte. Es schien mir genug, wenn ich sie ein wenig

kürzte, und, soweit möglich, versuchte, die Sorglosigkeit und nachlässige Art eiligen Schreibens zu beheben. Ich tat es in der Hoffnung, daß sie dem Leser, der die Mühe auf sich nahm, sich seiner Phantasie zu bedienen, ein wahres und vielleicht interessantes Bild des Chinas geben würden, das ich gesehen hatte.

Somerset Maugham

I

Der Vorhang hebt sich

Man kommt an die Reihe von Hütten, die zum Stadttor führt. Sie sind aus getrocknetem Lehm gebaut und so ver=
fallen, daß man das Gefühl hat, ein Windstoß würde sie flach auf die staubige Erde legen, aus der sie gemacht sind. Ein Zug von schwerbeladenen Kamelen schreitet bedächtig vorüber. Sie tragen die verächtliche Miene von Kriegsge=
winnlern zur Schau, die gezwungen sind, durch eine Welt zu gehen, in der viele Leute nicht so reich sind wie sie. Eine kleine Gruppe von Menschen in zerfetzten blauen Kleidern ist vor dem Tor versammelt und zerstreut sich, als ein Jüngling mit spitzer Kappe auf einem mongolischen Pony herangaloppiert. Eine Schar von Kindern jagt einen lahmen Hund und wirft Lehmklumpen nach ihm. Zwei behäbige Herren in seidenen Jacken und langen schwarzen Gewän=
dern aus gemusterter Seide unterhalten sich miteinander. Jeder von ihnen hält einen kleinen Stock, auf dem ein klei=
ner Vogel hockt, an dessen Bein eine Schnur befestigt ist. Sie haben ihre Schoßtiere mitgebracht, um sie frische Luft schöpfen zu lassen, und vergleichen in freundlichem Ge=
spräch ihre Vorzüge. Hin und wieder flattern die Vögel hoch, soweit es die Schnur erlaubt, und kehren schnell wieder auf ihre Stange zurück. Die beiden chinesischen Herren sehen ihnen aus sanften Augen lächelnd zu. Dreiste Kna=
ben schreien mit schriller, verächtlicher Stimme dem Frem=

den etwas nach. Die alte bröcklige Stadtmauer mit ihren Zinnen sieht aus wie die Stadtmauer auf einem Bild aus Palästina zur Zeit der Kreuzzüge.

Durch das Tor kommt man in eine enge, von Läden gesäumte Straße. Viele von ihnen sind mit ihrem rotgoldenen zierlichen Gitterwerk und ihren feinen Schnitzereien von einer eigentümlichen verfallenen Pracht, und man kann sich vorstellen, daß in ihren dunklen Nischen und Winkeln alle Arten von seltsamen Waren des märchenhaften Orients verkauft werden. Eine große Menschenmenge schiebt sich über den holprigen schmalen Bürgersteig oder die tiefgelegene Straße; und Kulis mit schweren Lasten bahnen sich kurze schrille Schreie ausstoßend ihren Weg. Straßenhändler rufen mit kehligen Stimmen ihre Waren aus.

Und jetzt kommt in gemächlichem Tempo ein Pekingwagen, von einem glatthaarigen Maultier gezogen. Sein Verdeck ist hellblau, und seine großen Räder sind mit Nägeln beschlagen. Der Fahrer sitzt mit baumelnden Beinen auf einer Deichsel. Es ist Abend, und die Sonne versinkt rotglühend hinter dem steilen gelben, bizarren Dach eines Tempels. Der Pekingwagen fährt geräuschlos mit heruntergelassenem Fenstervorhang vorüber, und man fragt sich, wer wohl mit gekreuzten Beinen darinsitzt. Vielleicht ist es ein Gelehrter, erfüllt vom Geist der klassischen Bildung bis in die Fingerspitzen, der sich auf dem Wege zu einem Freund befindet, um mit ihm ausgesuchte Komplimente zu wechseln und das goldene Zeitalter von Tang und Sung zu diskutieren, das niemals wiederkehren wird; vielleicht ist es ein Singmädchen in glänzenden Seidengewändern und reichbesticktem Mantel, mit Jade in ihrem schwarzen Haar, die zu einer Gesellschaft geladen wurde, um ein kleines Lied zu singen und sich in feinen, schlagfertigen Wendungen mit jungen Herren zu unterhalten, die genügend Bildung be= sitzen, um ihren Witz zu würdigen. Der Pekingwagen ver= schwindet in der einfallenden Dunkelheit: Er scheint alle Geheimnisse des Ostens zu bergen.

II

Das Wohnzimmer der Dame

„Ich glaube wirklich, daß sich etwas daraus machen läßt", sagte sie. Sie blickte sich lebhaft um, und das Feuer der schöpferischen Phantasie ließ ihre Augen aufleuchten.
Sie hatte einen alten kleinen Tempel in der Innenstadt übernommen, aus dem sie ein Wohnhaus machen wollte. Der Tempel war vor dreihundert Jahren für einen sehr hei= ligen Mönch von seinen Verehrern erbaut worden, und hier hatte er in großer Frömmigkeit, sich unzählige Kastei= ungen auferlegend, seinen Lebensabend verbracht. Noch lange danach waren die Gläubigen, seiner Tugend geden= kend, hierhergekommen, um zu beten, aber im Laufe der Zeit versiegten die Einnahmequellen, und schließlich sahen sich auch die letzten zwei oder drei dortgebliebenen Mönche gezwungen, den Tempel zu verlassen. Jetzt war er verwit= tert, und das Unkraut überwucherte die grünen Dachschin= deln. Die getäfelte Decke mit ihren verblichenen goldenen Drachen auf einem verblichenen roten Grund war immer noch schön, aber sie liebte keine dunklen Decken; darum spannte sie eine Leinwand darüber und tapezierte sie. Da

sie Luft und Licht brauchte, schnitt sie auf einer Seite zwei großen Fensteröffnungen in die Wand. Überaus glücklicherweise besaß sie blaue Vorhänge, die genau die richtige Größe hatten. Blau war ihre Lieblingsfarbe: es brachte das Blau ihrer Augen so gut zur Geltung. Da die Säulen — prächtige massive rote Säulen — sie ein wenig bedrückten, klebte sie eine sehr hübsche Tapete darauf, die kein bißchen chinesisch aussah. Sie hatte auch Glück mit der Tapete, die sie für die Wände verwendete. Sie war zwar in einem chinesischen Laden gekauft worden, aber sie hätte wirklich ebensogut von Sanderson sein können; sie hatte einen hübschen rosa Streifen und verlieh dem ganzen Raum sogleich ein fröhliches Aussehen. An der rückseitigen Wand befand sich eine Nische, in der ein prachtvoller Lacktisch vor einem Bildnis von Buddha in seiner immerwährenden Meditation gestanden hatte. Hier hatten Generationen von Gläubigen ihre Räucherstäbchen abgebrannt und gebetet, einige um diesen oder jenen irdischen Vorteil, andere um Erlösung von der immer wiederkehrenden Bürde des irdischen Lebens flehend. Und dies schien ihr ganz der richtige Platz für einen amerikanischen Ofen zu sein. Sie war gezwungen, ihren Teppich in China zu kaufen, aber sie brachte es fertig, einen anzuschaffen, den man von einem Axminster kaum unterscheiden konnte. Natürlich hatte er, da er handgearbeitet war, nicht ganz die Glätte der englischen Ware, aber er bot immerhin einen anständigen Ersatz. Sie konnte eine ganz nette Menge Möbel von einem Mitglied der Gesandtschaft kaufen, das China verließ, um einen Posten in Rom anzutreten, und sie bekam hübschen hellen Möbelkattun aus Schanghai für Schonbezüge. Glücklicherweise hatte sie eine ganze Reihe von Bildern, Hochzeitsgeschenke und sogar einige, die sie selbst gekauft hatte — denn sie war sehr kunstliebend —, und diese machten den Raum sehr gemütlich.

Sie brauchte einen Wandschirm, und hier half nichts, sie mußte einen chinesischen kaufen. Aber, wie sie klug bemerkte, man könnte ja auch in England sehr gut einen chinesischen Wandschirm haben. Sie hatte eine Menge Fotografien in silbernen Rahmen, eine von einer Prinzessin von Schleswig=Holstein, eine von der Königin von Schweden, beide signiert, und die stellte sie auf den Flügel; denn Fotografien geben dem Raum eine persönliche Note. Als sie fertig war, betrachtete sie ihr Werk mit Befriedigung.

„Natürlich sieht es nicht aus wie ein Raum in London", sagte sie, „aber es könnte sehr gut ein Raum in irgendeinem netten Ort Englands sein, Cheltenham, sagen wir, oder Tunbridge Wells."

III

Der Mongolenhäuptling

Der Himmel weiß, aus welchen geheimnisvollen Fernen er gekommen war. Er ritt den sich abwärts schlängelnden Pfad vom mongolischen Hochplateau hinunter, um das die öden, steinigen, unzugänglichen Berge nach allen Seiten hin eine unüberschreitbare Grenze bildeten; er ritt an dem Tempel vorbei, der den oberen Teil des Passes krönte, bis er an das alte Flußbett kam, das das Tor nach China bildete. Es war eingeschlossen von den Hügelausläufern, die in der Morgensonne glänzten und scharfumrissene Schatten warfen;

das unablässige Auf und Ab des Handelsverkehrs hatte in Jahrhunderten auch auf diesem steinigen Boden eine un= ebene Straße geformt. Die Luft war scharf und klar, der Himmel blau. Hier zog das ganze Jahr hindurch von Tages= anbruch bis Sonnenuntergang ein endloser Zug von Kara= wanen mit Kamelen, die tatarischen Ziegeltee nach dem sie= benhundert Meilen entfernten Urga und nach Sibirien tru= gen, bewegten sich lange Reihen von Wagen vorwärts, von geduldigen Ochsen gezogen, und kleine Karren in Zweier= und Dreierreihen hinter stämmigen kleinen Pferdchen; und in der entgegengesetzten Richtung nach China hinein wie= der Kamelkarawanen, die Felle auf die Märkte von Peking brachten, und Wagen in langen Zügen. Jetzt kam eine Horde von Pferden vorbei, dann wieder eine Ziegenherde. Aber seine Augen verweilten nicht auf dem bunten Bild. Er schien nicht zu bemerken, daß auch andere über den Paß reisten. Er war in Begleitung von sechs oder sieben seiner Gefolgsleute — zugegeben, sie sahen zwar ziemlich schmut= zig aus und saßen auf elenden Kleppern, aber sie wirkten schreckenerregend. Gemächlich ritten sie dahin, eine lieder= liche Horde. Er trug einen schwarzen Seidenmantel und schwarzseidene Hosen, die in langen, an der Spitze nach oben gebogenen Reitstiefeln steckten, und auf dem Kopf die hohe landesübliche Zobelmütze. Er ritt aufrecht und stolz, seinen Gefolgsleuten ein wenig voraus, und wenn man ihn so hocherhobenen Hauptes und mit gleichmütigen Au= gen dahinreiten sah, fragte man sich unwillkürlich, ob er wohl daran dachte, daß in längstvergangenen Tagen seine Vorfahren über diesen Paß in die fruchtbaren Ebenen Chinas geritten waren, wo reiche Städte sich ihrer Beute= gier darboten.

IV

Der rollende Stein

Bevor ich ihn sah, hörte ich seine ungewöhnliche Geschichte, und ich stellte ihn mir als eine auffallende Erscheinung vor. Ich nahm an, daß ein Mann mit so einzigartigen Erlebnissen auch äußerlich etwas Besonderes vorstellen müsse. Aber ich fand einen Menschen, dessen Erscheinung keineswegs bemerkenswert war. Er war klein, ziemlich schwächlich, sonnenverbrannt, braunäugig, und obwohl er noch nicht dreißig war, begann sein Haar zu ergrauen. Er sah aus wie jedermann, und man konnte ihn ein halbes dutzendmal gesehen haben, ehe man sich erinnerte, wer er war. Wenn man ihn zufällig hinter dem Ladentisch eines Warenhauses oder auf dem Kontorstuhl eines Maklerbüros angetroffen hätte, würde man ihn ganz am rechten Platz gefunden haben. Aber man hätte ihn nicht mehr beachtet als den Ladentisch oder den Kontorstuhl. Er wirkte so unauffällig, daß man schon beinahe neugierig wurde: sein völlig unbedeutendes Gesicht erinnerte an die kahle Wand eines Mandschupalastes in einer schmutzigen Straße, hinter der es, wie man wußte, bemalte Höfe, geschnitzte Drachen und Gott weiß was für kunstvolle Feinheit des Lebens gab.

Denn seine ganze Laufbahn war bemerkenswert. Sohn eines Tierarztes, begann er als Gerichtsreporter und war dann als Steward auf einem Handelsschiff nach Buenos

Aires gefahren. Dort angekommen, war er heimlich von Bord gegangen und hatte sich auf diese und jene Weise seinen Weg quer durch Südamerika erarbeitet. Von einem Hafen in Chile aus gelang es ihm, nach den Marquesas zu kommen, wo er sechs Monate lang bei den Eingeborenen lebte, die immer bereit sind, einem weißen Mann Gast= freundschaft zu gewähren. Dann erbettelte er sich auf einem Schoner die Überfahrt nach Tahiti und fuhr als zweiter Maat auf einem alten Kahn, der chinesische Arbeits= kräfte nach den Gesellschaftsinseln beförderte, nach Amoy.

Das war neun Jahre, bevor ich ihm begegnete, und von da an hatte er in China gelebt. Zuerst fand er Arbeit bei der B.A.T.-Gesellschaft, aber nach zwei Jahren war es ihm dort zu eintönig, und nachdem er einige Sprachkenntnisse erworben hatte, trat er bei einer Firma ein, die jeden Win= kel des Landes mit ihren Wunderpillen versorgte. Drei Jahre lang zog er in einer Provinz nach der anderen umher und verkaufte Pillen, und schließlich hatte er achthundert Dollar gespart. Und wieder einmal ließ er sich treiben. Nun begann das merkwürdigste seiner Abenteuer. Er verließ Peking und reiste in der Maske eines armen Chinesen mit seinem Bettzeug, seiner chinesischen Pfeife und seiner Zahnbürste durch das ganze Land. Er wohnte in chinesi= schen Gasthöfen, schlief mit seinen Weggenossen eng zu= sammengedrängt auf den hölzernen Pritschen und aß die chinesische Kost. Das allein will schon etwas heißen. Er benutzte nur selten die Eisenbahn, sondern reiste meistens zu Fuß, in Karren oder auf den Flüssen. Er zog durch Shensi und Shansi, er wanderte über die windigen Hoch= ebenen der Mongolei und setzte im barbarischen Turkestan sein Leben aufs Spiel; er verbrachte viele Wochen mit den Nomaden der Wüste und reiste mit den Karawanen, die tatarischen Ziegeltee durch die öden Wüstengebiete von Gobi beförderten. Schließlich kam er vier Jahre später, nachdem er seinen letzten Dollar ausgegeben hatte, wieder in Peking an.

Er machte sich auf die Suche nach einem Job. Die leichteste Art, Geld zu verdienen, schien das Schreiben zu sein, und der Redakteur einer der englischen Zeitungen in China bot ihm an, eine Artikelserie über seine Reise zu bringen. Ich vermute, daß seine größte Schwierigkeit darin bestand, aus der Fülle seiner Erlebnisse auszuwählen. Er wußte vieles, was ihm vielleicht als einzigem Engländer bekannt war. Er hatte alle möglichen Dinge gesehen, wunderliche, eindrucksvolle, schreckliche, erheiternde und überraschende. Er schrieb vierundzwanzig Artikel. Ich will nicht sagen, daß sie nicht lesbar waren, denn sie bewiesen eine sorgfältige und einfühlsame Beobachtungsgabe; aber er hatte alles gleichsam wahllos betrachtet, und die Artikel waren nur das Rohmaterial zu einer künstlerischen Arbeit. Sie waren wie die Kataloge der Heeres= und Marinelieferanten, eine Fundgrube für die Phantasievollen, aber eher literarische Unterlagen als Literatur. Er war wie ein Naturforscher, der geduldig eine Unmenge von Fakten sammelt, aber kein Talent hat, Schlüsse daraus zu ziehen: es bleiben Fakten, die der Synthese von Köpfen mit schärferem Verstand harren. Er sammelte weder Pflanzen noch Tiere, sondern Menschen. Seine Sammlung war unvergleichlich, aber sein Wissen darum dürftig.

Als ich ihn kennenlernte, versuchte ich zu ergründen, wie weit ihn die Vielfalt seiner Erlebnisse beeinflußt hatte; aber obwohl er voller Anekdoten steckte und ein heiterer, freundlicher Mensch war, immer bereit, ausführlich von allem, was er gesehen hatte, zu erzählen, konnte ich nicht feststellen, daß irgendeines seiner Abenteuer ihn innerlich berührt hätte. Der Instinkt, der ihn dazu getrieben hatte, all diese seltsamen Dinge zu tun, zeigte, daß er im Grunde ein Sonderling war. Die Welt der Zivilisation mißfiel ihm, und er sehnte sich hinweg von den ausgetretenen Pfaden. Die Absonderlichkeit des Lebens amüsierte ihn. Er war von einer unersättlichen Neugier. Aber ich glaube, seine Erlebnisse trafen nur seinen Körper, sie teilten sich nicht der Seele mit. Vielleicht empfand man ihn darum im Grunde als nichtssagend. Sein unbedeutendes Äußere entsprach seiner unbedeutenden Seele. Hinter der kahlen Wand war Leere.

Das war gewiß der Grund dafür, daß er mit so viel Stoff zum Schreiben langweilig schrieb; denn beim Schreiben ist nicht der Reichtum des Materials wesentlich, sondern der Reichtum der Persönlichkeit.

V

Der Minister

Er empfing mich in einem langgestreckten Raum, von dem aus man auf einen versandeten Garten blickte. Die Rosen welkten an den verkümmerten Büschen, und die hohen alten Bäume ließen schlaff und trostlos ihre Zweige hängen. Er bot mir einen viereckigen Schemel an einem vier=

eckigen Tisch an und setzte sich mir gegenüber. Ein Diener brachte Tassen mit duftendem Tee und amerikanische Zigaretten. Er war ein schlanker, mittelgroßer Mann mit schmalen, schönen Händen. Durch goldumrandete Brillengläser blickte er mich mit großen, dunklen, melancholischen Augen an. Er sah aus wie ein Gelehrter oder ein Träumer. Sein Lächeln war sehr sanft. Er trug ein braunes seidenes Gewand und darüber eine kurze schwarze Seidenjacke, auf dem Kopf eine Melone.

„Ist es nicht seltsam", sagte er mit seinem gewinnenden Lächeln, „daß wir Chinesen dieses Gewand tragen, weil die Mandschus vor dreihundert Jahren ein Reitervolk waren?"

„Nicht so seltsam", erwiderte ich, „wie daß Eure Exzellenz einen steifen Hut tragen, weil die Engländer die Schlacht von Waterloo gewannen."

„Glauben Sie, daß ich ihn darum trage?"

„Das könnte ich leicht beweisen."

Da ich fürchtete, daß seine außerordentliche Höflichkeit ihn hindern würde, zu fragen, beeilte ich mich, es mit einigen passenden Worten zu tun.

Er nahm seinen Hut ab und betrachtete ihn mit einem kaum hörbaren Seufzer. Ich sah mich im Zimmer um. Auf dem Boden lag ein grüner Brüsseler Teppich mit großen Blumen, an den Wänden standen reichgeschnitzte Blackwoodstühle. An einer Bilderleiste hingen Pergamentrollen mit Sprüchen der großen alten Meister, und dazwischen zur Abwechslung in breiten Goldrahmen Ölgemälde, die in den neunziger Jahren in der Royal Academy hätten ausgestellt sein können. Der Minister arbeitete an einem amerikanischen Rollpult.

Er sprach mit mir voller Melancholie über die Lage Chinas. Eine Kultur, die älteste, die die Welt gekannt hatte, wurde nun rücksichtslos hinweggefegt. Die Studenten, die von Europa und Amerika zurückkamen, rissen nieder, was unzählige Generationen aufgebaut hatten, und sie konnten nichts an die leere Stelle setzen. Sie waren ohne Vaterlandsliebe, ohne Religion, ohne Ehrfurcht. Die Tempel, von Gläubigen und Priestern verlassen, verfielen, und bald würde ihre Schönheit nur noch eine Erinnerung sein.

Aber dann ließ er mit einer Geste seiner schmalen aristokratischen Hände das Thema fallen. Er fragte mich, ob ich gern etwas von seinen Kunstschätzen sehen würde. Wir gingen im Zimmer umher, und er zeigte mir kostbare Porzellane, Bronzen und Tangfiguren. Da gab es ein Pferd aus einem Grab in Honan, das so anmutig und vollendet geformt war wie ein griechisches Kunstwerk. Auf einem großen Tisch neben seinem Schreibpult lagen einige Rollen. Er suchte eine aus, hielt sie oben fest und ließ sie mich aufrollen. Es war ein aus einer frühen Dynastie stammendes Bild von Bergen, durch flockige Wölkchen gesehen. Mit einem Lächeln in den Augen beobachtete er, wie entzückt ich es betrachtete. Er legte das Bild beiseite und zeigte mir nun eines nach dem anderen. Schließlich sagte ich protestierend, daß ein so vielbeschäftigter Mann wie er nicht seine Zeit mit mir vergeuden könne, aber er wollte mich nicht gehen lassen und holte ein Bild nach dem anderen hervor. Er war ein Kenner. Es machte ihm Freude, mir die Schulen und Perioden zu nennen, zu denen sie gehörten, und mir kleine Anekdoten über die Maler zu erzählen.

„Ich wünschte, Sie wüßten meine kostbarsten Schätze zu würdigen", sagte er und wies auf die Pergamentrollen, die

seine Wände schmückten. „Hier sehen Sie einige der schönsten Kalligraphien Chinas."
„Sind sie Ihnen lieber als Gemälde?" fragte ich.
„Viel lieber. Ihre Schönheit ist reiner. Es ist nichts Unechtes an ihnen. Aber ich kann gut verstehen, daß es für einen Europäer schwer ist, eine so edle und strenge Kunst zu würdigen. Was chinesische Dinge betrifft, neigt der europäische Geschmack ein wenig zum Skurrilen, glaube ich."
Er holte Bücher mit Malereien hervor, und ich blätterte darin. Herrliche Bilder! Mit dem dramatischen Instinkt des Sammlers hatte er das Buch, dem er den größten Wert beimaß, bis zuletzt aufgehoben. Es enthielt eine Reihe kleiner Bilder von Vögeln und Blumen, mit wenigen Strichen hingeworfen, aber von solcher Suggestionskraft, von so starkem Einfühlungsvermögen in die Natur, von so verspielter Zärtlichkeit, daß man unwillkürlich den Atem anhielt. Da waren Pflaumenblütenzweige, die in ihrer köstlichen Frische den ganzen Zauber des Frühlings ausströmten; Spatzen, in deren zerrupftem Gefieder das Pulsen und Beben des Lebens zu spüren war. Es war das Werk eines großen Künstlers.
„Werden diese amerikanischen Studenten jemals etwas Ähnliches schaffen?" fragte er mit traurigem Lächeln.
Doch das Reizvollste für mich war, daß ich die ganze Zeit über wußte, einen Halunken vor mir zu haben. Korrupt, untüchtig und skrupellos, ging er über Leichen. Er war ein Meister der Ausbeutung. Mit den abscheulichsten Methoden hatte er ein großes Vermögen erworben. Er war unehrenhaft, grausam, rachsüchtig und bestechlich. Er hatte gewiß sein Teil dazu beigetragen, daß China in die verzweifelte Lage gekommen war, die er so aufrichtig be-

klagte. Aber wenn er eine kleine Vase von der Farbe des Lapislazuli in der Hand hielt, schienen seine Finger sie mit bezaubernder Zartheit zu umschlingen, seine melancholischen Augen liebkosten sie mit ihrem Blick, und sein Mund war leicht geöffnet wie zu einem sehnsüchtigen Seufzer.

VI

Dinner Partys

1. Gesandtschaftsviertel

Der Schweizer Direktor der Sino=argentinischen Bank wurde gemeldet. Er kam mit einer stattlichen, schönen Frau, die ihre üppigen Reize so freimütig zur Schau stellte, daß es einen ein wenig nervös machte. Es ging die Rede, daß sie eine *cocotte* gewesen sei, und eine jüngferliche englische Dame (in lachsroter Seide und Perlen), die frühzeitig gekommen war, grüßte sie mit einem dünnen und frigiden Lächeln. Der Minister von Guatemala und der Botschafter von Montenegro kamen zusammen. Der Botschafter befand sich im Zustand der größten Erregung; er hatte nicht begriffen, daß es sich um einen offiziellen Anlaß handelte, er glaubte zu einem Essen *en petit comité* gebeten zu sein, und er hatte seine Orden nicht angelegt. Und dabei glänzte der Minister von Guatemala mit seinen Sternen! Was um Himmels willen konnte er tun? Die Aufregung, hervorgerufen durch Umstände, die für einen Augenblick

ein diplomatischer Zwischenfall zu sein schienen, legte sich mit dem Erscheinen von zwei chinesischen Dienern in langen Seidengewändern und viereckigen Hüten, die Cocktails und Zakouski brachten. Dann segelte eine russische Prinzessin herein. Sie hatte weißes Haar und trug ein bis zum Hals reichendes schwarzes Seidenkleid. Sie glich einer Heldin in einem Stück von Viktor Sardou, die die melodramatische Raserei ihrer Jugend überlebt hatte und jetzt häkelte. Sie langweilte sich grenzenlos, wenn man sich mit ihr über Tolstoi und Tschechow unterhielt, aber sie belebte sich wieder, wenn sie von Jack London redete. Sie stellte der jüngferlichen Dame eine Frage, die die jüngferliche Dame, obgleich sie nicht mehr jung war, nicht beantworten konnte.
„Warum", fragte sie, „schreibt ihr Engländer so törichte Bücher über Rußland?"
Aber dann erschien der Erste Sekretär der Britischen Gesandtschaft. Er gab seinem Eintritt die Bedeutung eines Ereignisses. Er war sehr groß, glatzköpfig, aber elegant, und er war wunderbar gekleidet: Er betrachtete mit höflichem Erstaunen die glitzernden Orden des Ministers von Guatemala. Der Botschafter von Montenegro, der sich schmeichelte, der bestangezogene Mann des diplomatischen Corps zu sein, aber nicht ganz sicher war, ob auch der Erste Sekretär der Britischen Gesandtschaft ihn dafür hielt, huschte zu ihm und fragte ihn nach seiner aufrichtigen Meinung über das plissierte Hemd, das er trug. Der Engländer klemmte ein goldgefaßtes Monokel ins Auge und betrachtete es einen Augenblick ernsthaft. Dann machte er dem andern ein vernichtendes Kompliment. Alle waren jetzt gekommen außer der Frau des französischen Militärattachés. Man sagte ihr nach, daß sie immer zu spät komme. „Elle est

insupportable", sagte die schöne Gemahlin des Schweizer Bankiers.
Aber schließlich schwamm sie in den Raum, wunderbar gleichgültig gegen die Tatsache, daß sie alle eine halbe Stunde hatte warten lassen. Sie war groß auf ihren überhohen Absätzen, außerordentlich dünn, und sie trug ein Kleid, das einem den Eindruck vermittelte, daß sie überhaupt nichts anhatte. Ihr Haar war kurz und blond. Sie war kühn geschminkt. Sie sah aus wie die Vorstellung eines späten Impressionisten von der geduldigen Griselda. Wenn sie sich bewegte, wurde die Luft schwer von exotischen Düften. Sie reichte dem Minister von Guatemala eine juwelenübersäte, magere Hand zum Kuß; mit wenigen, lächelnden Worten erreichte sie, daß die Bankiersgattin sich passé fühlte, provinziell und als fünftes Rad am Wagen; der englischen Dame warf sie einen unziemlichen Scherz zu, und deren Verlegenheit wurde nur durch das Wissen gemildert, daß die Gattin des französischen Militärattachés *très bien née* war; und trank drei Cocktails in rascher Folge.
Das Essen wurde serviert. Die Unterhaltung wechselte von einem klingenden, rollenden Französisch zu einem etwas hinkenden Englisch. Sie sprachen über jenen Minister, der gerade von Bukarest oder Lima geschrieben hatte, über jene Konsulsgattin, die es in Christiania so langweilig fand oder so kostspielig in Washington. Im großen und ganzen machte es nur wenig Unterschied für sie, in welcher Kapitale sie sich gerade befanden, denn sie taten haargenau die gleichen Dinge in Konstantinopel, in Bern, in Stockholm und in Peking. Versehen mit ihren diplomatischen Vorrechten und getragen von einem lebhaften Gefühl ihrer gesellschaftlichen Bedeutung, lebten sie in einer Welt, in der Ko-

pernikus niemals existiert hatte, denn für sie drehten sich die Sonne und die Sterne folgsam um unsere Erde, und sie waren ihr Mittelpunkt. Kein Mensch wußte, warum die englische Dame anwesend war, und die Gattin des Schweizer Direktors erzählte im Vertrauen, sie sei zweifellos eine deutsche Spionin. Aber sie war eine Autorität in allem, was das Land betraf. Sie erzählte einem, daß die Chinesen so vollendete Manieren hätten, daß man wirklich die Kaiserinwitwe kennen sollte — sie war ein richtiger Schatz. Man wußte sehr wohl, daß sie in der Türkei versichert haben würde, die Türken seien so vollendete Gentlemen, und die Sultanin Fatima sei so liebenswert und spreche ein so herrliches Französisch. Heimatlos, war sie überall dort zu Hause, wo ihr Land eine diplomatische Vertretung hatte.

Der Erste Sekretär der Britischen Gesandtschaft hielt die Gesellschaft für ziemlich gemischt. Er sprach Französisch französischer als alle Franzosen, die je gelebt hatten. Er war ein Mann von Geschmack, und er hatte die natürliche Fähigkeit, recht zu haben. Er kannte nur die richtigen Leute und las nur die richtigen Bücher, er bewunderte nur die richtige Musik und interessierte sich nur für die richtigen Bilder; er kaufte seine Anzüge beim richtigen Schneider und seine Hemden im einzigmöglichen Wäschegeschäft. Man lauschte ihm mit Verblüffung. Und alsbald wünschte man sich von ganzem Herzen, daß er eine Vorliebe für etwas nur ein wenig Vulgäres bekennen möge: Man hätte sich augenblicklich erleichtert gefühlt, wenn er mit kühner Idiosynkrasie erklärt hätte, *Der Seele Erwachen* sei ein Kunstwerk oder *Der Rosengarten* ein Meisterwerk. Aber sein Geschmack war fehlerlos. Er war vollkommen, und man war halb in Sorge, daß er es auch wußte, denn in der Ruhe hatte sein Gesicht den Ausdruck eines Menschen, der eine unerträgliche Last schleppt. Und dann entdeckte man, daß er *freie Verse* schrieb. Man atmete wieder.

2. In einem Vertragshafen

Es war eine Pracht auf der Gesellschaft, die von den Eß= tischen Englands verschwunden war. Das Mahagoni ächzte unter dem Silber. In der Mitte der schneeweißen Damast= decke befand sich ein Mittelstück aus gelber Seide, so wie man es gegen seinen Willen in den Bazaren der ersten Ju= gend zu kaufen gezwungen war, und darauf stand ein schwerer Tafelaufsatz. Große Silbervasen mit langstieligen Chrysanthemen ermöglichten es, daß man von den Leuten, die einem gegenübersaßen, nur einen flüchtigen Blick er= haschte, und große silberne Kerzenleuchter reckten stolz ihre Köpfe, immer zwei und zwei, über die ganze Länge des Tischs. Jeder Gang wurde mit dem passenden Wein serviert, Sherry zur Suppe und Rheinwein zum Fisch, und es gab die zwei Vorspeisen, eine helle und eine dunkle, die einem sorgsamen Hausherrn der neunziger Jahre für ein ordentlich arrangiertes Dinner unentbehrlich schienen.
Vielleicht war die Unterhaltung weniger abwechslungsreich als die einzelnen Gänge, denn Gäste und Gastgeber hatten einander über eine unerträgliche Zahl von Jahren hin bei= nahe täglich gesehen, und jedes Thema, das aufkam, wurde verzweifelt aufgegriffen, nur um erschöpft und von einem peinlichen Schweigen gefolgt zu werden. Sie sprachen von Rennen, vom Golf und von der Jagd. Sie hätten es für un= schicklich gehalten, abstrakte Dinge zu berühren, und es

gab für sie keine politischen Ereignisse, über die man hätte diskutieren können. China langweilte sie alle, sie wollten nicht darüber sprechen. Sie wußten nur gerade so viel davon, wie für ihre Geschäfte nötig war, und jeden, der die chinesische Sprache erlernte, betrachteten sie mit Mißtrauen. Warum auch, es sei denn, man war Missionar oder Sekretär für Chinesisch an der Botschaft? Man konnte sich ja einen Dolmetscher für fünfundzwanzig Dollar im Monat mieten, und es war auch allgemein bekannt, daß all die Burschen, die mit Chinesisch anfingen, ein wenig sonderbar im Kopf wurden. Sie waren alle bedeutende Leute. Da war Nummer Eins von Jardine mit seiner Gattin, und dann der Direktor der Hongkong=und=Schanghai=Bank mit seiner Gattin, der Mann von der A.P.C. mit seiner Gattin, und der Mann von der B.A.T. mit seiner Gattin und dann auch der B&S-Mann mit seiner Gattin. Sie trugen ihre Abendgarderobe ein wenig mit Unbehagen, als trügen sie sie eher aus einem Pflichtgefühl ihrem Lande gegenüber als wegen des angenehmen Wechsels zur Alltagskleidung. Sie waren zu der Party gekommen, weil sie gar nichts anderes zu tun hatten, aber wenn der Augenblick gekommen war, wo sie mit Anstand gehen konnten, dann würden sie es mit einem Seufzer der Erleichterung tun. Sie langweilten sich miteinander zu Tode.

VII

Der Altar des Himmels

Er steht offen gegen den Himmel, drei runde Terrassen aus weißem Marmor, eine über der anderen, die man über vier Marmortreppen erreicht, und diese liegen den vier Punkten der Windrose gegenüber. Er stellt den Himmelskreis mit seinen Hauptpunkten dar. Ein großer Park umgibt ihn, und dieser wieder ist von hohen Mauern umgeben. Und hierher, Jahr für Jahr, in der Nacht der Wintersonnenwende, wenn der Himmel wiedergeboren wird, von Geschlecht zu Geschlecht, kam der Sohn des Himmels, um feierlich den ursprünglichen Gründer seines Hauses zu ehren. Geleitet von Prinzen und den großen Männern des Reichs, gefolgt von seinen Truppen, schritt der durch Fasten gereinigte Kaiser zum Altar. Und hier erwarteten ihn Prinzen und Minister und Mandarine, jeder an seinem ihm zugeteilten Platz, und Musiker und die Tänzer der heiligen Rhythmen. Im kargen Licht der großen Fackeln glänzten dunkel die feierlichen Roben. Und vor der Tafel, auf der die Worte „Kaiserlicher Himmel — Oberster Kaiser" geschrieben standen, opferte er Weihrauch, Jade, Seide, Fleisch und Reiswein. Er kniete nieder und schlug seine Stirn neunmal gegen den Marmorboden.

Und hier, genau an dieser Stelle, wo der Stellvertreter des Himmels und der Erde niederkniete, schrieb Willard B. Untermeyer mit großen kühnen Schriftzügen seinen Namen hin, die Stadt und den Staat, von wo er kam, Hastings,

Nebraska. So suchte er seine flüchtige Persönlichkeit mit der Erinnerung an diesen Glanz zu verknüpfen, von dem ihn ein dunkles Gerücht erreicht hatte. Er dachte, die Menschen würden sich so seiner noch erinnern, wenn er nicht mehr war. Auf diese rohe Art trachtete er nach Unsterblichkeit. Aber die Hoffnungen der Menschen sind eitel. Er war noch nicht die Treppe hinuntergeschlendert, als ein chinesischer Aufseher, der gegen die Brüstung gelehnt hatte, träge in den blauen Himmel schauend, vortrat, säuberlich auf die Stelle spuckte, auf die Willard B. Untermeyer geschrieben hatte, und seinen Speichel mit dem Fuß über dem Namen verrieb. Einen Augenblick darauf war keine Spur davon zurückgeblieben, daß Willard B. Untermeyer jemals diese Stätte besucht hatte.

VIII

Die Diener des Herrn

Sie saßen nebeneinander, zwei Missionare, sprachen einan= der von gänzlich alltäglichen Dingen, so, wie Leute reden, wenn sie einander Höflichkeit erweisen wollen, aber auch gar nichts gemeinsam haben; sie wären sicher überrascht gewesen, hätte man ihnen gesagt, daß sie zweifellos eine wunderbare Sache gemeinsam hatten: Güte, denn beiden war auch Demut gemein; dennoch war sie bei dem Eng= länder vielleicht überlegter, und deshalb sichtbarer und weniger natürlich als bei dem Franzosen. Im übrigen war ihre Verschiedenheit beinahe spaßig. Der Franzose war gut in den Achtzigern, ein hochgewachsener, noch un=

gebeugter Mann, dessen kräftiger Knochenbau erraten ließ, daß er in seiner Jugend ein Mann von ungewöhnlicher Stärke gewesen sein mußte. Jetzt lag das einzige Zeichen seiner Kraft in seinen Augen, ungemein großen Augen, so daß man nicht umhin konnte, ihren seltsamen Ausdruck und ihr Blitzen zu bemerken. Dieses Epitheton wird oft auf Augen angewendet, aber ich glaube nicht, daß ich jemals Augen gesehen habe, auf die es so sehr zutraf. Es brannte wirklich eine Flamme in ihnen, und sie schienen ein Licht auszustrahlen. Sie besaßen eine Wildheit, die kaum noch auf Besonnenheit schließen ließ. Es waren die Augen eines Propheten aus Israel. Seine Nase war lang und herausfordernd, sein Kinn fest und eckig. Er war wohl zu keiner Zeit ein Mann gewesen, mit dem sich scherzen ließ, aber in der Blüte seiner Jahre mußte er Schrecken verbreitet haben. Vielleicht erzählte die Leidenschaftlichkeit seiner Augen von Schlachten, die er längst in den tiefsten Tiefen seines Herzens ausgefochten hatte, und seine Seele schrie aus ihnen, besiegt und blutend, aber dennoch triumphierend, und er frohlockte über die ungeschlossene Wunde, die er dem Allmächtigen Gott in freiwilligem Opfer darbrachte. Er fühlte die Kälte in seinen alten Gliedern, und er trug einen schweren Pelz, wie einen Soldatenmantel übergeworfen, und auf dem Kopf eine Zobelmütze. Er war eine prächtige Erscheinung. Er war jetzt ein halbes Jahrhundert in China, und dreimal war er um sein Leben geflohen, als die Chinesen seine Mission angriffen.

„Ich hoffe, daß sie nicht noch einmal angreifen", sagte er lächelnd, „denn ich bin jetzt zu alt, diese überstürzten Reisen zu unternehmen." Er zuckte die Schultern. *„Je serai martyr."*

Er brannte sich eine lange, schwarze Zigarre an und paffte mit großem Vergnügen.

Der andere war sehr viel jünger, er konnte nicht älter als fünfzig sein, und er war erst seit zwanzig Jahren in China. Er war Mitglied der Englischen Kirchenmission und trug einen grauen Tweedanzug und eine getupfte Krawatte. Er bemühte sich, so wenig wie möglich einem Geistlichen zu gleichen. Er war ein wenig größer als der Durchschnitt, aber er war so dick, daß er klein wirkte. Er hatte ein rundes, gut= mütiges Gesicht, mit roten Backen und einem grauen Schnurrbart von der Art, die als sogenannte Zahnbürste bekannt ist. Er war sehr kahl, aber in einer verzeihlichen und rührenden Eitelkeit hatte er sein Haar auf der einen Seite so lang wachsen lassen, daß er es über den Scheitel kämmen und sich damit auf alle Fälle selbst die Illusion geben konnte, sein Haupt sei noch wohlbedeckt. Er war ein jovialer Bursche, mit einem herzlichen Lachen, und es schallte laut, treu und ehrenhaft, wenn er seine Freunde neckte oder von ihnen geneckt wurde. Er hatte den Humor eines Schuljungen, und man konnte sich gut vorstellen, wie das Lachen seine ganze Fülle schüttelte, wenn jemand auf einer Orangenschale ausrutschte. Aber dann würde das La= chen plötzlich aufhören, er würde rot werden, als sei es ihm mit einemmal klargeworden, daß der Mann, der ausge= glitten war, sich verletzt haben mochte, und dann würde er voller Güte und Mitgefühl sein. Denn es war unmöglich, zehn Minuten mit ihm zusammenzusein, ohne die Zart= heit seines Herzens zu bemerken. Man fühlte, daß es un= möglich wäre, ihn um etwas zu bitten, was er nicht mit Freuden tun würde, und wenn es einem auch vielleicht an= fangs seine Herzlichkeit schwierig machte, sich in Fragen der Seele an ihn zu wenden, so konnte man doch in allen praktischen Dingen seiner Aufmerksamkeit, seines Mitgefühls und seines gesunden Urteils sicher sein. Er war ein Mann, dessen Geldbeutel den Bedürftigen immer offenstand, und dessen Zeit immer denen zu Diensten war, die sie brauchten. Und doch ist es vielleicht ungerecht, wenn man sagt, daß in den Angelegenheiten der Seele seine Hilfe nicht so wirkungsvoll war, denn obgleich er nicht, wie der Franzose, mit der ganzen Autorität der Kirche, die nie einen Zweifel gestattete, oder mit dem zwingenden Feuer des Asketen zu einem sprechen konnte, so teilte er doch die Not mit einem so aufrichtigen Mitgefühl, indem er einen mit seinen eigenen Zweifeln tröstete, weniger wie ein Statthalter Gottes als wie ein schwankender, zitternder Mensch, vom gleichen Fleisch wie du selbst, der versuchte, die Hoffnung und den Trost mit dir zu teilen, von denen seine eigene Seele erfrischt worden war, daß er vielleicht auf seine Weise etwas ebenso Wertvolles zu bieten hatte wie der andere.

Seine Geschichte war ein wenig ungewöhnlich. Er war Soldat gewesen, und er sprach gern von den alten Tagen, als er mit der Quorn gejagt hatte und durch die Londoner Saison getanzt war. Er hatte kein ungesundes Gefühl vergangener Sünde.

„Ich war ein großer Tänzer in meinen jungen Tagen", sagte er, „aber ich vermute, mit all den neuen Tänzen heute würde es damit vorbei sein."

Es war ein gutes Leben, solange es dauerte, und obgleich er sich nicht einen Augenblick danach zurücksehnte, hegte er kein Ressentiment. Der Ruf war gekommen, als er gerade in Indien war. Er wußte nicht genau, wie oder warum, er war eben gekommen, ein plötzliches Gefühl, daß er sein Leben aufgeben müsse, um den Heiden den Glauben an Christus zu bringen, aber es war ein Gefühl, dem er nicht widerstehen konnte; es ließ ihm keine Ruhe. Er war heute ein glücklicher Mensch und hatte Freude an seinem Werk.

„Es ist ein mühseliges Geschäft", sagte er, „aber ich sehe Zeichen für einen Fortschritt, und ich liebe die Chinesen. Ich würde mein Leben hier gegen keines auf der Welt eintauschen."

Die beiden Missionare sagten einander Lebewohl.

„Wann fahren Sie nach Hause?" fragte der Engländer.

„Moi? Oh, in ein oder zwei Tagen."

„Ich werde Sie dann wohl nicht mehr sehen. Vermutlich gehe ich im März nach Hause."

Aber der eine meinte die kleine Stadt mit ihren engen Straßen, in der er seit fünfzig Jahren lebte, denn als er Frankreich verlassen hatte damals, ein junger Mann, verließ er es für immer; der andere aber meinte das elisabethanische Haus in Cheshire, seinen sanften Rasen, seine Eichbäume, wo seine Vorfahren drei Jahrhunderte lang gelebt hatten.

IX

Die Herberge

Schon lange scheint es Nacht geworden zu sein, und seit einer Stunde geht vor deiner Sänfte ein Kuli mit einer Laterne. Sie wirft einen mageren Lichtkreis vor dir her, und im Vorübergehen bekommst du flüchtig und fahl, wie eine

Schönheit, die sich kaum aus dem nichtendenden Fluß des allgemeinen Lebens heraushebt, ein Bambusdickicht, das schimmernde Wasser in einem Reisfeld oder die schwere Dunkelheit eines Maulbeerbaums zu sehen. Hin und wieder kommt am Straßenrand ein verspäteter Bauer vorbei, zwei schwere Körbe auf seinem Trageholz. Die Träger gehen jetzt langsamer, aber sie haben nichts von ihrer Lebhaftigkeit verloren nach dem langen Tag, sie schwatzen fröhlich; sie lachen, und einer von ihnen stimmt ein paar Töne eines unmelodiösen Liedes an. Aber dann steigt die Chaussee an, und die Laterne wirft plötzlich ihr Licht auf eine weißgetünchte Mauer: Du hast die ersten ärmlichen Häuser erreicht, die außerhalb der Stadtmauer verstreut am Weg liegen, und die nächsten zwei oder drei Minuten bringen dich zu einer steilen Treppe. Die Träger nehmen sie im Laufschritt. Dann geht es durch die Stadttore. Die engen Straßen wimmeln von Menschen, und in den Geschäften herrscht noch reger Betrieb. Heiser schreien die Träger. Die Menge teilt sich, und du gleitest durch eine doppelte Hecke dichtgedrängter, neugieriger Menschen. Ihre Gesichter sind ausdruckslos, und ihre dunklen Augen starren geheimnisvoll. Nachdem ihr Tagewerk getan ist, gehen die Träger mit einem beschwingten Schritt. Plötzlich halten sie an, wenden sich nach rechts, in einen Hof, und du hast die Herberge erreicht. Die Sänfte wird abgesetzt.

Die Herberge — ein langer, teilweise überdeckter Hof, an jeder Seite liegen Zimmer —, wird von drei oder vier Öllampen erleuchtet. Sie verbreiten ein mattes Licht, gerade nur um sich herum, die umgebende Dunkelheit machen sie nur noch undurchdringlicher. Im ganzen vorderen Teil des Hofs stehen Tische, dicht bei dicht, und an ihnen drängen sich

Menschen, essen Reis oder trinken Tee. Einige spielen Spiele, die du nicht kennst. Und bei dem großen Ofen, wo Wasser in einem Kessel dauernd heißgemacht wird und Reis in einer riesigen Pfanne zubereitet, steht das Personal der Herberge. Sie geben schnell große Reisschalen aus und füllen die Teetassen, die unaufhörlich ihnen gebracht wer= den. Und weiter im Hintergrund begießen sich ein paar nackte, untersetzte, kräftige und doch geschmeidige Kulis mit heißem Wasser. Du gehst bis zum Ende des Hofs, wo, dem Eingang gegenüber, aber durch einen Schirm vor den Blicken des gemeinen Volkes geschützt, das Hauptgast= zimmer liegt.

Es ist ein großer, fensterloser Raum, der Fußboden aus ge= stampfter Erde, ein stattlicher Raum, denn er nimmt die ganze Höhe der Herberge ein, mit einem offenen Dach. Die Wände sind getüncht, man sieht die Balken, und das er= innert einen an ein Bauernhaus in Sussex. Die Einrichtung besteht aus einem viereckigen Tisch, zwei gradlehnigen hölzernen Armsesseln, drei oder vier Holzgestellen, die mit Matten bedeckt sind. Auf die am wenigsten schmutzige wirst du bald dein Bett legen. Ein Docht in einer Öltasse gibt ein spärliches Licht. Man bringt dir deine Laterne, und du wartest, während dein Essen gekocht wird. Die Träger sind glücklich, daß sie endlich ihre Lasten jetzt abgesetzt haben. Sie waschen ihre Füße und ziehen saubere Sandalen an. Dann rauchen sie ihre langen Pfeifen. Wie köstlich ist dann die ausschweifende Länge deines Buches — um mit leichtem Gepäck zu reisen, hast du dich auf drei be= schränkt —, und wie aufmerksam liest du jedes Wort auf jeder Seite, damit du so lange wie möglich den schreck= lichen Augenblick hinauszögern kannst, in dem du schließ=

lich das Ende erreichen mußt! Da bist du dann den Autoren von langen Büchern sehr dankbar, und wenn du die Seiten umblätterst, nachrechnest, wie lang du sie schließlich machen kannst, dann wünschst du, sie wären um die Hälfte länger. Du wünschst dir jetzt nicht die vollkommene Klarheit, die einer, der keine Muße hat, lesen mag. Eine komplizierte Ausdrucksweise, die dich zwingt, einen Satz zum zweitenmal zu lesen, um seine Bedeutung zu erfassen, ist dir gar nicht unwillkommen; ein Überfluß an Metaphern, der deiner Phantasie einen weiten Spielraum gibt, eine Fülle von Anspielungen, die dir das Vergnügen verschaffen, Entdeckungen zu machen, das sind in diesem Augenblick unbezahlbare Qualitäten. Wenn der Gedanke sorgfältig durchdacht ist, ohne tiefschürfend zu sein – du warst ja schließlich seit Morgengrauen unterwegs, und von den vierzig Meilen dieser Tagereise bist du mehr als die Hälfte zu Fuß gegangen –, dann hast du das vollkommene Buch für diese Gelegenheit.

Plötzlich aber schwillt der Lärm in der Herberge ohrenbetäubend an, du blickst hinaus und siehst, daß noch mehr Reisende angekommen sind, eine chinesische Gesellschaft in Sänften. Zu beiden Seiten von dir beziehen sie ihre Zimmer, und durch die dünnen Wände hörst du bis spät in die Nacht hinein ihre laute Unterhaltung. Mit trägem, ruhigem Blick, dein ganzer Körper im Bewußtsein des Vergnügens, endlich im Bett zu liegen, ein wollüstiges Behagen aus seiner Erschöpfung ziehend, folgst du dem kunstvollen Muster der Querbalken. Die matte Lampe im Hof wirft ihr Licht durch das zerrissene Papier, mit dem sie bedeckt ist, schwarz steht sein verschlungenes Muster gegen das Licht. Schließlich ist alles ruhig. Nur ein Mann im nächsten

Zimmer hustet gequält. Es ist das eigentümliche, sich immer wiederholende Husten der Schwindsucht. Du hörst es in Abständen durch die Nacht, und du fragst dich, wie lange der arme Teufel leben kann. Du freust dich deiner eigenen rauhen Kraft. Dann kräht ein Hahn laut, genau hinter dei= nem Kopf, wie es scheint; ein wenig später bläst ein Hor= nist einen langen Ton auf seinem Horn, eine melancholische Klage. Die Herberge beginnt sich wieder zu rühren; Lichter gehen an, die Kulis machen ihre Lasten fertig für einen neuen Tag.

X

Die Rumpelkammer

Ein kleiner abgeteilter Raum im Laden des Krämers direkt unter der Decke: man erreicht ihn über eine Treppe, die wie eine Schiffstreppe ist. Der Raum ist vom Laden getrennt durch eine etwa ein Meter zwanzig hohe Bretterwand, und wenn man auf den Holzbänken sitzt, die um den Tisch stehen, übersieht man den Laden mit all seinen Vorräten. Da gibt es Seilrollen, Ölzeug, schwere Seestiefel, Sturm= lampen, Schinken, Konserven, Getränke aller Art, Kuriosi= täten, die man für Frau und Kinder mit nach Hause neh= men kann, Kleider, und was nicht alles. Es gibt alles, was ein fremdes Schiff sich in einem östlichen Hafen wünschen kann. Man kann die Chinesen beobachten, Händler und Kunden, und sie tragen eine angenehm geheimnisvolle Miene zur Schau, als seien sie mit einem ruchlosen Ge=

schäft befaßt. Man kann sehen, wer in den Laden kommt, und da es ganz sicher ein Freund ist, ihn bitten, sich zu dir zu gesellen in die Rumpelkammer. Durch die weite Torfahrt siehst du, wie die Sonne auf das Steinpflaster brennt und die Kulis mit ihren schweren Lasten vorbeieilen. Um Mittag beginnt sich die Gesellschaft zu versammeln, zwei oder drei Lotsen, Käpten Thompson und Käpten Brown, alte Männer, die dreißig Jahre lang die chinesischen Gewässer befahren haben und jetzt ein behagliches Heim an der Küste haben, der Kapitän eines Trampdampfers von Schanghai, die Taipans von einer oder zwei Teefirmen. Der Boy wartet schweigend auf die Bestellungen, er bringt die Getränke und den Würfelbecher. Anfangs fließt die Unterhaltung ziemlich langweilig. Ein Schiff, das Foochow anlaufen sollte, ist vor ein paar Tagen gescheitert, dieser Bursche Maclean, der Ingenieur der An-Chan, hat neulich mit Gummi eine Menge Geld gemacht, die Frau des Konsuls kommt mit der *Empress* aus England zurück; aber wenn der Würfelbecher einmal um den Tisch gewandert ist und der Verlierer dem Knaben gewinkt hat, sind die Gläser leer, und der Würfelbecher wird noch einmal zur Hand genommen. Der Boy bringt die zweite Runde Getränke. Dann lösen sich die Zungen dieser schwerfälligen, zurückhaltenden Männer ein wenig, und sie beginnen von der Vergangenheit zu reden. Einer der Lotsen kennt den Hafen, wie er vor gut fünfzig Jahren war. Ja, das waren die großen Tage!

„Damals hätten Sie die Rumpelkammer sehen müssen", sagt er mit einem Lächeln.

Das waren die Tage der Teefrachter, als dreißig oder vierzig Schiffe da im Hafen lagen und auf ihre Fracht warteten. Jedermann hatte damals eine Menge Geld, das er ausgeben konnte, und die Rumpelkammer war der Mittelpunkt des Lebens im Hafen. Wenn man jemanden finden wollte, nun, dann ging man in die Rumpelkammer, und wenn er nicht dawar, dann würde er sicher bald kommen. Hier tätigten die Agenten ihre Geschäfte mit den Schiffern, und der Arzt hatte keine Sprechstunden; um Mittag ging er in die Rumpelkammer, und wenn jemand krank war, dann wartete der dort auf ihn. Das waren die Tage, in denen die Männer zu trinken verstanden. Sie kamen gewöhnlich mittags und tranken den ganzen Nachmittag über, ein Boy brachte ihnen einen Bissen, wenn sie Hunger bekamen, und dann tranken sie die ganze Nacht hindurch weiter. In der Rumpelkammer wurden Vermögen gewonnen und verloren, denn damals gab es noch Spieler, und ein Mann riskierte all seinen Verdienst von einer Fahrt in einem Spiel Karten. Das waren die guten alten Tage. Jetzt aber war das Geschäft vorbei, die Teefrachter drängten sich nicht mehr im Hafen, der Hafen war tot, und die Jungen, die jungen Leute von der A.P.C. oder von Jardine, rümpften ihre Nasen über die Rumpelkammer. Und während der alte Lotse erzählte, schien dieses schmutzige kleine Viereck mit seinem fleckigen Tisch für einen Augenblick bevölkert von diesen alten Schiffern, kühn, rücksichtslos und wagemutig und einer Zeit zugehörig, die für immer vergangen war.

XI

Furcht

Ich verbrachte auf meiner Reise eine Nacht bei ihm. Die Mission stand auf einem kleinen Hügel, gerade vor den Toren einer dichtbevölkerten Stadt. Das erste, was ich an ihm bemerkte, war die Verschiedenheit seines Geschmacks. In der Regel ist das Haus eines Missionars in einem Stil möbliert, der fast einer Beleidigung des Anstands gleich= kommt. Das Wohnzimmer, mit seiner unbewohnten At= mosphäre, ist bunt tapeziert, an den Wänden hängen Sinn= sprüche, Drucke von sentimentalen Bildern — *Der Seele Erwachen* und Luke Fildes' *Der Arzt* — oder, wenn der Missionar schon lange im Land ist, Glückwunschrollen aus steifem rotem Papier. Ein Brüsseler Teppich liegt auf dem Boden, wenn der Haushalt amerikanisch ist, gibt es Schaukel= stühle, wenn er englisch ist, steht ein steifer Lehnsessel zu beiden Seiten des Kamins. Es gibt ein Sofa, das man so plaziert hat, daß sich niemand daraufsetzt, und bei seinem grimmigen Anblick können auch nur wenige danach Ver= langen tragen. An den Fenstern hängen Spitzengardinen. Hier und da stehen gelegentlich Tische, auf denen man Foto= grafien und Nippes aus modernem Porzellan findet. Das Eßzimmer sieht schon mehr benutzt aus, aber es wird fast gänzlich von einem riesigen Tisch ausgefüllt, und wenn man sich an ihn setzt, wird man in den Kamin gedrängt. In Mister Wingroves Studierzimmer jedoch reichten die Bücher vom Boden bis zur Decke, ein Tisch war mit Papieren über=

sät, die Vorhänge waren von sattem, grünem Stoff, und über dem Kamin hing eine tibetische Fahne. Auf dem Kaminsims stand eine Reihe tibetischer Buddhas.

„Ich weiß nicht, wie es kommt, aber in diesem Zimmer hat man das Gefühl, das man in Studentenbuden hat", sagte ich.

„Glauben Sie?" antwortete er. „Ich war eine Zeitlang Lehrer in Oriel."

Er war ein Mann von fast fünfzig Jahren, groß und kräftig, ohne dabei dick zu sein, mit sehr kurz geschnittenem grauem Haar und einem rötlichen Gesicht. Man stellte sich vor, daß er ein umgänglicher Bursche sein müsse, der gern lachte, ein lebhafter Gesellschafter und ein guter Kamerad; doch seine Augen brachten einen außer Fassung: Sie waren ernst und ohne Lachen, sie hatten einen Ausdruck, den man nicht anders als gequält bezeichnen kann. Ich überlegte, ob ich ihm vielleicht in einem ungünstigen Augenblick ins Haus gefallen war, als seine Gedanken mit verdrießlichen Dingen beschäftigt waren, doch irgendwie spürte ich, dies war kein Ausdruck, der vorüberging, eher ein dauernder, und ich konnte ihn nicht begreifen. Er hatte genau jenen Ausdruck von Angst, den man bei bestimmten Herzkrankheiten findet. Er plauderte von diesem und jenem, und dann sagte er:

„Ich höre meine Frau kommen. Wollen wir in den Salon gehen?"

Er führte mich in den Salon und stellte mich einer kleinen, mageren Frau vor, mit goldgefaßter Brille und von scheuem Wesen. Man sah deutlich, daß sie aus einer anderen Schicht stammte als ihr Mann. Trotz allen Arten von Tugenden haben Missionare meist nicht jene, die wir nicht besser als unter dem Begriff einer feinen Lebensart zusammenfassen können. Sie mögen Heilige sein, Gentlemen sind sie nicht oft. Jetzt fiel mir auf, daß Mr. Wingrove ein Gentleman war, denn es lag auf der Hand, daß seine Frau keine Dame war. Sie hatte eine vulgäre Ausdrucksweise. Der Salon war in einer Art eingerichtet, wie ich sie niemals zuvor im Haus eines Missionars gesehen hatte. Auf dem Fußboden lag ein chinesischer Teppich. Alte chinesische Bilder hingen an den gelben Wänden. Zwei oder drei Ming-Kacheln gaben einen Spritzer Farbe. In der Mitte des Zimmers stand ein kunstvoll geschnitzter Schwarzholztisch, darauf eine Figur aus weißem Porzellan. Ich machte eine triviale Bemerkung.

„Ich selber mach mir nicht viel aus diesem chinesischen Kram", antwortete meine Gastgeberin lebhaft. „Aber Mr. Wingrove hängt dran. Wenn's nach mir ginge, würd' ich sie alle 'rausschmeißen."

Ich lachte, nicht weil ich etwa amüsiert gewesen wäre, und da entdeckte ich in Wingroves Augen einen Blitz von eisigem Haß. Ich war erstaunt. Aber in einer Sekunde war es vorüber.

„Wir wollen sie nicht behalten, wenn sie dir nicht gefallen, meine Liebe", sagte er freundlich. „Wir können sie wegnehmen."

„Oh, ich habe nichts dagegen, wenn sie dir Freude machen."

Wir begannen von meiner Reise zu sprechen, und im Verlauf der Unterhaltung ergab es sich, daß ich Mr. Wingrove fragte, wie lange er nicht mehr in England gewesen war.

„Siebzehn Jahre", sagte er.

Ich war überrascht.

„Aber ich dachte, Sie hätten alle sieben Jahre ein Jahr Urlaub?"

„Ja, aber ich wollte ihn nicht nehmen."

„Mr. Wingrove denkt, daß es für seine Arbeit schlecht ist, ein ganzes Jahr wegzugehen", erklärte seine Frau. „Natürlich will ich nicht ohne ihn gehen."

Mich interessierte, wie er überhaupt nach China gekommen war. Mich fesseln die eigentlichen Einzelheiten einer Berufung, und oft genug findet man Menschen, die bereit sind, darüber zu sprechen, obgleich man sich weniger nach dem Inhalt der Worte als aus den Folgerungen, die sich daraus ergeben, seine eigene Meinung bilden muß; aber ich hatte nicht den Eindruck, daß Mr. Wingrove der Mann war, den man dazu bringen konnte, direkt oder indirekt von dieser eigensten Erfahrung zu sprechen. Augenscheinlich nahm er seine Arbeit sehr ernst.

„Sind noch andere Ausländer hier?" fragte ich.

„Nein."

„Es muß sehr einsam sein", sagte ich.

„Ich glaube, ich ziehe es so vor", sagte er und betrachtete eines der Bilder an der Wand. „Es wären nur Geschäftsleute, und Sie wissen ja" — er lächelte —, „die können nicht viel mit Missionaren anfangen. Und sie sind nicht so geistreich, daß es eine große Beschwernis wäre, ihrer Gesellschaft beraubt zu sein."

„Und natürlich sind wir auch nicht wirklich allein", sagte Mrs. Wingrove. „Wir haben zwei Wanderprediger hier und zwei junge Mädchen, die Unterricht geben. Und dann sind noch die Schulkinder da."

Dann wurde Tee gebracht, und wir plauderten über belanglose Dinge. Mr. Wingrove schien das Sprechen Mühe zu machen, und ich hatte in wachsendem Maße das Gefühl einer beunruhigenden Gehemmtheit von seiner Seite. Er

hatte angenehme Manieren, und sicher war er auch bemüht, herzlich zu sein, und doch ahnte ich eine Spur von Anstrengung. Ich brachte die Rede auf Oxford, erwähnte verschiedene Freunde, die er vielleicht kennen mochte, aber er ermutigte mich nicht.
„Es ist so lange her, daß ich von zu Hause weggegangen bin", sagte er. „Und ich habe mit niemandem Verbindung gehalten. Es gibt eine Menge Arbeit in einer Mission wie dieser, und sie nimmt einen völlig in Anspruch."
Ich glaubte, daß er ein wenig übertrieb, und bemerkte: „Nun, bei all den Büchern nehme ich doch an, daß sie noch ganz hübsch Zeit zum Lesen finden."
„Ich lese nur sehr selten", antwortete er schroff und mit einer Stimme, die, wie ich schon wußte, nicht seine eigene war.
Ich war verwirrt. Etwas stimmte nicht mit diesem Mann. Schließlich begannen wir, wie es unvermeidlich war, über die Chinesen zu sprechen. Mrs. Wingrove sagte über sie die gleichen Dinge, die ich schon so viele Missionare über sie hatte sagen hören. Sie seien ein verlogenes Volk, grausam und schmutzig, aber im Osten werde doch ein schwaches Licht sichtbar; und obgleich die missionarischen Bemühungen in ihren Ergebnissen noch nicht allzu bemerkenswert seien, sei doch die Zukunft vielversprechend. Sie glaubten nicht länger an ihre alten Götter, und die Macht der Gelehrten sei gebrochen. Es ist eine Haltung von Mißtrauen und Abneigung, die durch Optimismus gemäßigt wird. Aber Mr. Wingrove milderte die Bemerkungen seiner Frau. Er sprach mit Nachdruck von der Gutmütigkeit der Chinesen, ihrer Ehrfurcht gegenüber ihren Eltern, ihrer Liebe zu ihren Kindern.

„Mr. Wingrove will kein Wort gegen die Chinesen hören", sagte seine Frau. „Er liebt sie einfach."
„Ich glaube, sie haben große Vorzüge", sagte er. „Man kann nicht durch ihre wimmelnden Straßen gehen, ohne beein= druckt zu sein."
„Ich glaube nicht, daß Mr. Wingrove den Geruch bemerkt", lachte seine Frau.
In diesem Augenblick klopfte es an die Tür, und eine junge Frau kam herein. Sie trug die langen Röcke und hatte die nichteingebundenen Füße der geborenen Christin. Ihr Ge= sicht hatte einen zugleich kriecherischen und mürrischen Ausdruck. Sie sagte etwas zu Mrs. Wingrove. Ich warf zufällig einen Blick auf Mr. Wingroves Gesicht. Als er die Frau gewahrte, ging über sein Gesicht ein Ausdruck äußer= ster körperlicher Abneigung, es verzog sich, als ekele ihn ein Geruch, und dann plötzlich verschwand dieser Ausdruck und seine Lippen kräuselten sich zu einem freundlichen Lächeln. Doch es kostete ihn große Mühe, und er zeigte nur eine gequälte Grimasse. Ich betrachtete ihn bestürzt. Mrs. Wingrove entschuldigte sich und verließ das Zimmer.
„Das ist eine unserer Lehrerinnen", sagte Mr. Wingrove mit derselben starren Stimme, die mich schon zuvor ein wenig verwirrt hatte. „Sie ist unschätzbar. Ich habe unbe= grenztes Vertrauen zu ihr. Sie hat einen sehr guten Cha= rakter."
Dann, ich wußte kaum wieso, sah ich blitzartig die Wahr= heit: Ich sah den Widerwillen in seiner Seele gegen alles, was sein Wille liebte. Ich wurde von der Erregung ergriffen, die ein Forscher empfinden mag, wenn er nach gefährlicher Reise auf ein Land mit neuem und unerwartetem Gesicht stößt. Diese gequälten Augen, die unnatürliche Stimme, die

maßvolle Zurückhaltung, mit der er lobte, diese Miene eines gejagten Mannes, die er zeigte, sprachen für sich. Trotz allem, was er sagte, haßte er die Chinesen, haßte sie mit einem Haß, gegen den die Abneigung seiner Frau bedeu= tungslos wurde. Wenn er durch die wimmelnden Straßen ging, dann befiel ihn eine Lähmung, sein Leben als Missio= nar stieß ihn ab, seine Seele glich den wunden Schultern der Kulis, und die Tragstange brannte in den blutenden Wunden. Er wollte nicht nach Hause gehen, weil er es nicht ertragen konnte, das wiederzusehen, woran er so sehr hing, er las seine Bücher nicht, weil sie ihn an das Leben erinnerten, das er so leidenschaftlich liebte, und vielleicht hatte er diese vulgäre Frau geheiratet, um sich um so ent= schlossener von einer Welt zu trennen, nach der er sich mit allen Fasern sehnte. Er marterte seine gequälte Seele mit leidenschaftlicher Erbitterung.
Ich versuchte herauszufinden, wie der Ruf zu ihm gekom= men war. Ich glaube, daß er jahrelang bei seinem ruhigen Leben in Oxford vollkommen glücklich gewesen war; er hatte seine Arbeit geliebt, ihre muntere Gesellschaft, seine Bücher, seine Ferien in Italien oder Frankreich. Er war ein zufriedener Mensch und wünschte sich nichts mehr, als den Rest seiner Tage in dieser Weise zu verbringen. Aber ich weiß nicht, welch obskures Gefühl allmählich von ihm Be= sitz ergriff, daß sein Leben zu träge, zu zufrieden sei; ich glaube, daß er schon immer ein frommer Mann war, und vielleicht nagte irgendein früher Glaube, in der Kindheit ihm eingeflößt und lang vergessen, an einen eifersüchtigen Gott, der seine Geschöpfe haßte, die auf Erden glücklich waren, in den Tiefen seines Herzens. Und ich glaube, weil er so befriedigt war von seinem Leben, begann er es für

sündhaft zu halten. Eine ruhelose Angst bemächtigte sich seiner. Was immer er in seiner Klugheit dachte, sein Gefühl ließ ihn vor der Androhung ewiger Strafe erzittern. Ich weiß nicht, was ihn auf den Gedanken an China brachte, aber zuerst muß er ihn mit einer heftigen Abneigung von sich gewiesen haben; und vielleicht prägte ihn gerade die Heftig= keit seiner Abneigung, denn er fühlte sich von ihr verfolgt. Ich nehme an, er sagte, daß er nicht gehen werde, aber ich nehme auch an, daß er fühlte, er müsse es tun. Gott ver= folgte ihn, und wo immer er sich verbarg, Gott folgte ihm dorthin. Er kämpfte mit seinem Verstand, aber sein Herz war gefangen. Er konnte nicht anders. Schließlich gab er nach.

Ich wußte, daß ich ihn nie mehr sehen würde, und ich hatte nicht die Zeit, bei den Gemeinplätzen einer Unterhaltung so lange zu verweilen, bis mir eine allmähliche Vertrautheit erlauben würde, von persönlicheren Dingen zu sprechen. Ich ergriff die Gelegenheit, solange wir noch allein waren. „Sagen Sie", fragte ich, „glauben Sie daran, daß Gott die Chinesen zu ewiger Strafe verdammen wird, wenn sie das Christentum nicht annehmen?"

Sicher, meine Frage war grausam und taktlos, denn der alte Mann in ihm preßte die Lippen zusammen. Aber dennoch antwortete er. „Die ganze Lehre des Evangeliums zwingt einen zu dieser Folgerung. Es gibt nicht ein einziges Argu= ment, das die Menschen für das Gegenteil anführen, das die Kraft der einfachen Worte Jesu Christi hätte." — — —

XII

Das Bild

Ich weiß nicht, ob er ein Mandarin auf dem Wege zur Hauptstadt der Provinz war oder ein Gelehrter, der zur Universität reiste, und ich kenne auch den Grund nicht, der ihn in der elendsten aller elenden Schenken Chinas zurück= hielt. Vielleicht war der eine oder andere seiner Träger nicht aufzufinden, hatte sich irgendwo versteckt, um eine Pfeife Opium zu rauchen (denn Opium ist billig in jener Gegend, und man muß auf Ärger mit den Kulis gefaßt sein). Viel= leicht hatte ihn auch der Platzregen eines Wolkenbruchs eine Stunde lang wider seinen Willen dort festgehalten.
Der Raum war so niedrig, daß man ohne Mühe die Decken= balken mit der Hand berühren konnte. Die Lehmwände waren mit schmutziger Tünche bedeckt, die hier und da ab= blätterte, und rundherum befanden sich hölzerne Pritschen mit Strohsäcken für die Kulis, die für gewöhnlich hier ein= kehrten. Ohne die Sonne hätte man diesen finsteren Schmutz gar nicht ertragen können. Sie schien durch das vergitterte Fenster, und ihr goldener Lichtstrahl warf auf die festgetretene Erde des Bodens ein kompliziertes Muster von strahlendem Glanz.
Hier hatte er in einem Augenblick der Muße seine steinerne Schreibtafel hervorgeholt, die Tusche, die er darauf verrieb, mit etwas Wasser vermischt, den feinen Pinsel ergriffen, mit dem er die schönen Zeichen der chinesischen Schrift malte (er war sicherlich stolz auf seine erlesene Schreib=

kunst, und es bedeutete ein willkommenes Geschenk für seine Freunde, wenn er ihnen eine Pergamentrolle sandte, auf der einer der funkelnden, prägnanten Sinnsprüche des göttlichen Konfuzius stand), und mit kühner Hand zeich= nete er an die Wand einen Zweig mit Pflaumenblüten und einen Vogel, der daraufsaß. Es war schnell und leicht, aber mit bewundernswerter Sicherheit hingeworfen.
Ich weiß nicht, welch glücklicher Zufall die Hand des Künst= lers führte, denn in dem Vogel vibrierte das Leben, und die Pflaumenblüten schwankten leise auf ihren Stielen. Die lauen Lüfte des Frühlings wehten durch die Zeichnung in diese schmutzige Kammer, und einen Pulsschlag lang spürte man den Atem des Ewigen.

XIII

IHRER BRITISCHEN MAJESTÄT REPRÄSENTANT

Er war weniger als mittelgroß, mit dichtem braunem Haar *en brosse*, einem kleinen Schnurrbart wie eine Zahnbürste, einer Brille, hinter der sich seine blauen Augen, die einen aggressiv anblickten, ein wenig verdrehten. In seiner Erschei= nung lag eine herausfordernde Keckheit, die an einen Spat= zen erinnerte, und wenn er einen bat, Platz zu nehmen, und sich nach dem Anliegen erkundigte, während er die Papiere ordnete, die seinen Tisch bedeckten, als habe man ihn mit= ten in den dringendsten Arbeiten gestört, dann hatte man das Gefühl, daß er nur nach einer Gelegenheit Ausschau hielt, einen zurechtzuweisen. Er hatte das Gehaben eines

Beamten bis zur Vollendung kultiviert. Man war das Publikum, eine unvermeidliche Last, und die einzige Rechtfertigung für deine Existenz bestand darin, daß du tatest, was du geheißen wurdest, und zwar unverzüglich und ohne Widerrede. Aber sogar Beamte haben ihre Schwächen, und irgendwie ergab es sich, daß es schwierig für ihn war, ein Geschäft zu Ende zu bringen, ohne einem seine Nöte anzuvertrauen. Es stellte sich heraus, daß die Leute, besonders Missionare, ihn für anmaßend und herrschsüchtig hielten. Er versicherte einem, daß er vom Nutzen der Missionare überzeugt sei; zwar ist es richtig, daß viele von ihnen unwissend und unvernünftig sind, und er mochte ihr Gebaren nicht; in seinem Bezirk waren die meisten von ihnen Kanadier, und er persönlich mochte gerade die Kanadier nicht; aber was das Gerede betraf, daß er ein hochmütiges Getue an den Tag lege (er befestigte seinen Zwicker fester auf der Nase), so war es eine ungeheure Unwahrheit. Im Gegenteil, er scheute keine Mühe, um ihnen zu helfen, doch war es nur natürlich, daß er ihnen eher auf seine Weise half als auf die ihre. Es war nicht leicht, ihn ohne ein Lächeln anzuhören, denn bei jedem Wort, das er sagte, fühlte man, wie erbitternd er für die unglücklichen Menschen sein mußte, über die er Gewalt hatte. Seine Art war jämmerlich. Er hatte die Gabe, einen halsstarrig zu machen, zu einem Maße entwickelt, wie man es nur selten trifft. Mit einem Wort, er war ein prahlerischer, reizbarer, arroganter und verdrießlicher kleiner Mann.

Während der Revolution, als es eine Menge Schießereien in der Stadt gab zwischen den rivalisierenden Parteien, mußte er in amtlichen Geschäften, die mit der Sicherheit seiner Landsleute verbunden waren, zum General der Süd=

truppen gehen, und auf seinem Weg durch den Yamen begegnete er drei Gefangenen, die zur Exekution geführt wurden. Er hielt den Offizier, der das Erschießungskommando befehligte, an und protestierte leidenschaftlich, als er herausfand, was geschehen sollte. Dies seien Kriegsgefangene, und es sei barbarisch, sie umzubringen. Der Offizier — ein grober Klotz nach den Worten des Konsuls — erklärte ihm, daß er seine Befehle ausführen müsse. Der Konsul brauste auf. Er war nicht der Mann, der einen verdammten chinesischen Offizier in dieser Art und Weise mit sich sprechen ließ. Es entspann sich ein Streit. Der General, inzwischen informiert, was vorging, ließ den Konsul zu sich bitten, aber der Konsul weigerte sich, vom Platz zu weichen, bis die Gefangenen, drei erbärmliche Kulis, grün vor Angst, seiner Obhut übergeben wären. Der Offizier schob ihn zur Seite und befahl seinem Exekutionskommando, anzulegen. Da trat der Konsul — ich sehe ihn vor mir, wie er seinen Zwicker fest auf die Nase drückt und sein Haar sich grimmig sträubt —, da trat der Konsul zwischen die angelegten Gewehrläufe und die drei bemitleidenswerten Gestalten und sagte den Soldaten, sie sollten feuern und verdammt sein. Zögern und Verwirrung. Es war klar, daß die Rebellen keinen britischen Konsul erschießen wollten. Ich vermute, es gab eine hastige Beratung. Die drei Gefangenen wurden ihm übergeben, und im Triumph marschierte der kleine Mann zu seinem Konsulat zurück.

„Verdammt, Sir", sagte er wütend, „ich dachte fast, die Schurken hätten die verdammte Unverschämtheit, mich zu erschießen." Es sind seltsame Leute, die Briten. Wenn ihre Manieren so gut wären, wie ihr Mut groß ist, dann würden sie die Meinung verdienen, die sie von sich haben.

XIV

DIE OPIUMHÖHLE

Auf der Bühne bietet sie eine sehr wirkungsvolle Kulisse. Trübe Beleuchtung. Der Raum ist niedrig und schmutzig. In der Ecke brennt eine Lampe in mystischem Halbdunkel vor einem gräßlichen Bildnis, und Weihrauch erfüllt das Theater mit seinem exotischen Duft. Ein bezopfter Chinese geht hin und her, unbeteiligt und melancholisch. Auf elen= den Strohsäcken liegen betäubt die Opfer der Droge. Dann und wann bricht einer von ihnen in wildes Gestammel aus. Es gibt eine äußerst dramatische Szene, in der ein armes Geschöpf, das nicht imstande ist, für die Befriedigung sei= ner Sucht zu zahlen, mit Bitten und Flüchen den schurki= schen Eigentümer bestürmt, ihm eine Pfeife zu geben, um seine Qual zu lindern. Auch in Romanen habe ich Be= schreibungen gelesen, die mich gruseln machten. Und als ich von einem glattzüngigen Eurasier in eine Opiumhöhle mitgenommen wurde, bereitete mich die enge, gewundene Treppe, über die er mich führte, hinreichend auf das schau= rige Erlebnis vor, das ich erwartete. Ich wurde in einen recht sauberen Raum geführt, der hell erleuchtet und in Kammern eingeteilt war, deren erhöhter, mit Matten be= deckter Boden ein bequemes Lager bot. In einer von ihnen las ein älterer Herr mit grauem Haar und sehr schönen Händen ganz ruhig eine Zeitung, neben sich seine lange Pfeife. In einer anderen lagen zwei Kulis, eine Pfeife zwi=

schen sich, die sie abwechselnd füllten und rauchten. Es waren junge, gesund aussehende Männer, die mich freundlich anlächelten. Einer von ihnen bot mir an, einen Zug zu tun. In einer dritten Kammer hockten vier Männer über einem Schachbrett, und etwas weiter weg wiegte ein Mann ein kleines Kind auf den Armen (der unergründliche Orientale hat eine leidenschaftliche Liebe zu Kindern), während die Mutter des Kindes, wahrscheinlich die Frau des Wirtes, eine rundliche Person mit einem freundlichen Gesicht, lächelnd zusah. Es war ein heiterer Ort, gemütlich und anheimelnd. Irgendwie erinnerte er mich an die kleinen intimen Bierlokale in Berlin, wo der müde Arbeiter am Abend eine friedliche Stunde verbringen konnte. Dichtung ist wunderlicher als die Wirklichkeit.

XV

Die letzte Chance

Es war auf eine rührende Art offensichtlich, daß sie nach China gekommen war, um zu heiraten, und was es fast tragisch machte, war der Umstand, daß nicht ein Mann in dem Vertragshafen über diese Tatsache im unklaren war. Sie war eine große Frau mit einer groben Figur; sie hatte große Hände und Füße; sie hatte eine große Nase, ja, tatsächlich war alles groß an ihr; nur ihre blauen Augen waren schön. Vielleicht war sie sich dessen ein bißchen zu bewußt. Sie war blond, und sie war dreißig. Tags, wenn sie vernünftiges Schuhwerk trug, einen kurzen Rock und einen weichen Hut, war sie recht ansehnlich, aber am Abend, in blauer Seide, um die Farbe ihrer Augen zu unterstreichen, in einem Kleid, das von weiß Gott welchem Vorstadt= schneider nach einem Modell in einer Illustrierten geschnei= dert war, wenn sie sich herausputzte, um verlockend zu sein, war sie ein Gegenstand, der einem ein schreckliches Unbehagen verursachte. Sie wollte allen unverheirateten Männern alles sein. Sie lauschte aufgeweckt, wenn einer von ihnen von der Jagd sprach, und sie lauschte fröhlich, wenn ein anderer von Teefrachten sprach. Sie klatschte mit mädchenhafter Aufregung in die Hände, wenn man die Rennen, die in der nächsten Woche gelaufen wurden, disku= tierte. Sie war hoffnungslos darein vernarrt, mit einem jun= gen Amerikaner zu tanzen, und sie brachte ihn dazu, daß er ihr versprach, sie zu einem Baseballmatch mitzunehmen. Aber Tanzen war nicht das einzige, auf das sie Wert legte (man kann auch von einer guten Sache zuviel bekommen), und bei einem schon bejahrten, aber unverheirateten Taipan einer bedeutenden Firma war das, was sie einfach liebte, eine Partie Golf. Von einem jungen Mann, der im Krieg ein Bein verloren hatte, wollte sie unbedingt Billard beige= bracht bekommen, und sie schenkte ihre lebhafteste Auf= merksamkeit dem Direktor einer Bank, der ihr erzählte, was er vom Silber dachte. Sie hatte nicht viel Interesse für die Chinesen, denn dies war ein Thema, das in den Kreisen, in denen sie verkehrte, nicht zum guten Ton gehörte, aber weil sie eine Frau war, konnte sie nicht umhin, sich über die Art, wie die chinesischen Frauen behandelt wurden, zu empören.

„Wissen Sie, sie haben nicht zu bestimmen, mit wem sie verheiratet werden", erklärte sie. „Alles wird von Unter=

händlern arrangiert, und der Mann sieht das Mädchen nicht einmal, bis er mit ihr verheiratet ist. Es gibt keine Romanze oder etwas in der Art. Und was die Liebe betrifft..."
Die Stimme versagte ihr. Sie war ein durch und durch gut= mütiges Wesen. Sie wäre für all diese Männer, ob jung, ob alt, eine vollkommene Ehefrau gewesen. Und sie wußte es.

XVI

Die Nonne

Das Kloster lag weiß und kühl zwischen Bäumen oben auf einem Hügel; und während ich am Tor stand und darauf wartete, eingelassen zu werden, sah ich auf den gelblich= braunen Fluß hinunter, der in der Sonne glitzerte, und auf die zerklüfteten Berge dahinter. Die Mutter Oberin emp= fing mich, eine stille Frau mit einem sanften Gesicht, einer leisen Stimme und einem Akzent, der mir verriet, daß sie aus Südfrankreich stammte. Sie zeigte mir die Waisenkin= der, die sie in ihrer Obhut hatte und die schüchtern lä= chelnd damit beschäftigt waren, Spitzen zu klöppeln, wie sie es von den Nonnen gelernt hatten. Dann zeigte sie mir das Hospital, in dem Soldaten mit Ruhr, Typhus und Ma= laria lagen. Sie waren schmierig und verschmutzt.
Die Mutter Oberin erzählte mir, daß sie Baskin sei. Die Berge, auf die sie von den Fenstern des Klosters aus blickte, erinnerten sie an die Pyrenäen. Sie lebte seit zwanzig Jah= ren in China. Manchmal sei es hart, sagte sie, niemals das Meer zu sehen; hier an dem großen Fluß war man tausend

Meilen davon entfernt; und da ich das Land, in dem sie geboren war, kannte, erzählte sie mir ein wenig von den schönen Straßen, die dort über die Berge führten — oh, solche Wege gab es in China nicht —, und den Weinbergen und den hübschen Dörfern mit ihren Flüssen, die sich an die Abhänge der Hügel schmiegten. Aber die Chinesen waren gute Leute. Die Waisenkinder hatten flinke Finger, und sie waren fleißig; sie wurden von den Chinesen als Ehefrauen geschätzt, weil sie im Kloster allerlei Nützliches gelernt hatten, und auch nach der Verheiratung konnten sie sich mit der Nadel noch etwas Geld verdienen. Und auch die Soldaten waren nicht so schlimm, wie die Leute meinten; und schließlich, *les pauvres petits*, sie wollten gar nicht Soldaten sein; sie würden viel lieber zu Hause auf ihren Feldern arbeiten. Die von den Schwestern während ihrer Krankheit Gepflegten waren nicht undankbar. Manchmal, wenn sie in einer Rikscha vorüberkamen und zwei Nonnen überholten, die in der Stadt gewesen waren, um Einkäufe zu machen, und viele Pakete zu tragen hatten, boten sie ihnen an, die Pakete in der Rikscha mitzunehmen. Nein, *au fond* hatten sie kein schlechtes Herz.

„Aber sie gehen nicht so weit, auszusteigen und die Nonnen an ihrer Stelle in die Rikscha zu lassen?" fragte ich.

„Eine Nonne ist in ihren Augen nur eine Frau", erwiderte sie nachsichtig lächelnd. „Man darf von Menschen nicht mehr verlangen, als sie zu geben imstande sind."

Wie wahr, und doch wie schwer, dessen eingedenk zu sein!

XVII

HENDERSON

Es war kaum möglich, ihn ohne ein Kichern zu betrachten, denn seine Erscheinung erzählte einem augenblicklich alles über ihn. Wenn man ihn im Club sah, den *London Mercury* lesend oder in der Bar lungernd mit einem Gin oder einem Bitter neben sich (für ihn keine Cocktails), dann weckte sein ungezwungenes Wesen die Aufmerksamkeit; aber man durchschaute ihn sofort, denn er war der vollendete Ver= treter seiner Klasse. Seine Zwanglosigkeit war ganz beson= ders gezwungen. Alles an ihm entsprach einer Norm, von seinen altmodischen, praktischen Schuhen bis zu seinem ziemlich langen, unordentlichen Haar. Er trug einen wei= chen, niedrigen Kragen, der seinen fetten Nacken sehen ließ, weite, ein wenig abgetragene Kleider, die aber gleich= wohl gut geschneidert waren. Er rauchte immer eine kurze Bruyèrepfeife. Was das Thema anlangt, war er sehr humor= voll. Er war ein stämmiger Bursche, athletisch, mit schönen Augen und einer angenehmen Stimme. Er sprach fließend. Seine Sprache war oft gewöhnlich, nicht etwa weil sein Geist unrein war, sondern weil er demokratische Neigungen hatte. Wie man auf den ersten Blick vermutete, trank er Bier (nicht in der Tat natürlich, sondern im Geist) mit Mr. Chesterton und spazierte mit Mr. Hilaire Belloc über die Dünen von Sussex. In Oxford hatte er Fußball gespielt, aber gemeinsam mit Mr. Wells verachtete er diesen alten

Sitz der Gelehrsamkeit. Er hielt Mr. Bernard Shaw für ein wenig passé, aber auf Mr. Granville Barker setzte er noch immer große Hoffnung. Er hatte viele ernste Gespräche mit Mr. und Mrs. Sidney Webb geführt, und außerdem war er Mitglied der Fabian Society. Der einzige Punkt, in dem er dieselbe Welt wie die Leichtfertigen berührte, war seine Bewunderung für das russische Ballett. Er schrieb unerfreu= liche Gedichte über Prostituierte, Hunde, Laternenpfähle, das Magdalen College, Öffentliche Häuser und ländliche Pfarreien. Engländer, Franzosen und Amerikaner verachtete er; aber auf der anderen Seite — er war ja kein Misanthrop — duldete er kein Wort des Tadels gegen Tamils, Bengalen, Kaffern, Deutsche und Griechen. Im Club hielt man ihn für einen ziemlich wilden Burschen. „Ein Sozialist, wissen Sie", sagte man.

Aber er war Juniorpartner einer wohlbekannten und re= spektablen Firma, und eine der Eigentümlichkeiten Chinas besteht darin, daß die Stellung eines Mannes seine Idiosyn= krasien entschuldigt. Es mag ganz offenkundig sein, daß Sie Ihre Frau schlagen, aber wenn Sie der Direktor einer wohletablierten Bank sind, wird alle Welt höflich Ihnen gegenüber sein und Sie zum Essen einladen. Und so lachte man bloß, wenn Henderson seine sozialistischen Ansich= ten verkündete. Anfangs, als er nach China kam, weigerte er sich, die Jinriksha zu benutzen. Sein Sinn für persön= liche Würde empörte sich darüber, daß ein Mann, ein menschliches Wesen, das sich nicht von ihm unterschied, ihn hierhin und dorthin ziehen sollte. So ging er eben zu Fuß. Er schwor, daß es eine gute Übung sei und ihn fit halte; nebenbei verschaffte es ihm auch noch einen Brand, den er nicht für zwanzig Dollar verkauft haben würde, und ver=

gnügt trank er sein Bier. Aber Schanghai ist manchmal sehr heiß, und manchmal hatte er es sehr eilig, deshalb war er dann und wann gezwungen, das erniedrigende Gefährt zu benutzen. Er fühlte sich unbehaglich dabei, aber es war sicher bequem. Und bald benutzte er es häufig, aber er dachte immer an den Boy zwischen den Deichseln als an einen Bruder und Menschen.

Er war schon drei Jahre in China, als ich ihn kennenlernte. Wir hatten den Vormittag in der Chinesenstadt verbracht, von Geschäft zu Geschäft fahrend, und unsere Rikschaboys waren schweißbedeckt; alle zwei oder drei Minuten trock= neten sie sich die Stirn mit zerlumpten Taschentüchern. Jetzt waren wir zum Club unterwegs und hatten ihn schon beinahe erreicht, als es Henderson einfiel, daß er das neue Buch von Bertrand Russell kaufen wollte, das gerade nach China gekommen war. Er ließ die Boys halten und befahl ihnen, umzukehren.

„Meinen Sie nicht, wir könnten es bis nach dem Essen ver= schieben?" fragte ich. „Die Kerle schwitzen wie die Schweine."

„Das ist gut für sie", antwortete er. „Sie müssen nicht immer auf die Chinesen Rücksicht nehmen. Sehen Sie, wir sind doch nur hier, weil sie uns fürchten. Wir sind die herr= schende Rasse."

Ich sagte nichts, ich lächelte nicht einmal.

„Die Chinesen hatten immer ihre Herren, und sie werden sie auch immer haben."

Ein vorbeifahrender Wagen trennte uns für einen Augen= blick, und als er wieder neben mir war, hatte er das Thema fallenlassen. „Ihr, die ihr in England lebt, wißt gar nicht, was es für uns bedeutet, wenn neue Bücher herüberkom=

men", bemerkte er. „Ich lese alles, was Bertrand Russell schreibt. Haben Sie das letzte gelesen?"
„*Roads to Freedom?* Ja. Bevor ich England verließ."
„Ich habe ein paar Besprechungen gelesen. Ich glaube, er behandelt da einige interessante Gedanken."
Ich nehme an, Henderson stand im Begriff, sich weiter über sie auszulassen, aber der Rikschaboy rannte an der Abzweigung, die er hätte nehmen sollen, vorbei.
„Um die Ecke, du verdammter Narr!" schrie Henderson, und um den Sinn seiner Worte zu unterstreichen, gab er dem Mann einen kräftigen Fußtritt in den Hintern.

XVIII

TAGESANBRUCH

Noch ist es Nacht, und der Hof der Herberge ist reich an Winkeln von tiefster Dunkelheit. Laternen werfen ein launisches Licht auf die Kulis, die geschäftig ihre Lasten für den neuen Tag vorbereiten. Sie schreien und lachen, streiten zornig miteinander, lärmen zänkisch. Ich gehe auf die Straße, gehe weiter, vor mir einen Boy mit einer Laterne. Hier und da krähen hinter geschlossenen Türen Hähne. Aber in vielen Geschäften sind die Läden schon abgenommen, und die unermüdlichen Menschen beginnen ihren langen Tag. Hier kehrt ein Lehrling den Fußboden, dort wäscht sich ein Mann Gesicht und Hände. Ein brennender Docht in einer Tasse voll Öl ist sein einziges Licht. Ich komme an einer Taverne vorüber, wo ein halbes Dutzend

Menschen bei einem frühen Mahl sitzen. Die Wachtür ist geschlossen, aber ein Wächter läßt mich durch die Hintertür, und ich gehe an einer Mauer entlang, neben einem trägen Fluß, in dem sich die glänzenden Sterne spiegeln. Dann komme ich zu dem großen Stadttor, und diesmal steht es halb offen; ich gehe hinaus, und dort ist die Dämmerung, geisterhaft, mich erwartend. Der Tag und die lange Straße und das offene Land, alles liegt vor mir.

Lösch die Laterne. Hinter mir verblaßt die Dunkelheit zu einem rötlichen Dunst, und ich weiß, daß er bald zu einer rosa Blüte entflammen wird. Ich kann den Damm gut erkennen, und das Wasser in den Reisfeldern wirft schon blasses und schattiges Licht zurück. Es ist nicht mehr Nacht, aber es ist noch nicht Tag. Dies ist der Augenblick der magischsten Schönheit, wenn die Hügel und Täler, die Bäume und das Wasser ein Geheimnis besitzen, das nicht von dieser Welt ist. Denn wenn die Sonne erst einmal aufgegangen ist, ist die Erde für eine Weile sehr freudlos, das Licht ist kalt und grau wie das Licht im Studio eines Malers, und es gibt keine Schatten, die den Boden mit einem farbigen Muster bedecken. Vom Rand eines bewaldeten Hügels sehe ich hinunter auf die Reisfelder. Doch sie Felder zu nennen ist zu großartig. Meist sind es halbmondförmige Flecken am Hang eines Hügels, einer unter dem andern, damit sie bewässert werden können. In den Niederungen wachsen Fichten und Bambus, als habe ein geschickter Gärtner mit einem Sinn für vorschriftsmäßige Schönheit sie da gepflanzt, um die Zufälligkeit der Natur nachzuahmen. In diesem Augenblick siehst du nicht auf den Schauplatz erniedrigender Plackerei, sondern auf den Lustgarten eines Kaisers. Hier mag er herkommen, die Sorge für den Staat

beiseitewerfend, in gelber, mit Drachen bestickter Seide, mit juwelengeschmückten Armreifen an den Handgelenken, um mit einer Konkubine zu scherzen, die so schön ist, daß es die Menschen einer späteren Zeit ganz natürlich finden, wenn eine Dynastie um ihretwillen vernichtet wurde.
Und jetzt, mit dem zunehmenden Tag, steigt ein Nebel auf von den Reisfeldern und steigt halbwegs die sanften Hügel hinan. Man kann hundert Bilder von diesem Anblick sehen, denn ihn liebten die alten Meister Chinas ganz besonders. Die kleinen Hügel, ihre Gipfel bewaldet, eine Linie von Fichten auf dem Kamm, eine feste Silhouette gegen den Himmel — die kleinen Hügel erheben sich einer hinter dem anderen, und die verschiedenen Schichten des Nebels, ein Muster bildend, geben der Komposition eine Vollkommen= heit, die dennoch der Phantasie genügend Spielraum läßt. Der Bambus wächst bis zur Chaussee hinunter, seine dün= nen Blätter zittern im Schatten einer Brise, und er wächst mit einer so vornehmen Anmut, daß er an Gruppen von Damen aus der Großen Ming=Dynastie erinnert, die lässig am Straßenrand ruhen. Sie waren in einem Tempel, ihre seidenen Gewänder sind reich mit Blumen durchwirkt, im Haar tragen sie kostbaren Jadeschmuck. Sie ruhen sich hier eine Weile aus, auf ihren kleinen Füßen, ihren goldenen Lilien, sie plaudern zierlich, denn wissen sie nicht, daß der beste Gebrauch der Kultur darin besteht, Unsinn zu schwat= zen mit Anstand? Und dann, einen Augenblick später, schlüpfen sie in ihre Sänften und sind auf und davon. Aber die Straße macht eine Biegung, und, mein Gott, der Bambus, der chinesische Bambus, verwandelt durch einen Zauber des Nebels, sieht aus wie der Hopfen auf einem Feld in Kent! Erinnerst du dich der süßduftenden Hopfenfelder und der

saftig-grünen Wiesen, der Eisenbahnlinie, die am Meer ent=
langläuft, des langen, glitzernden Strandes und des ein=
samen Graus des Kanals? Die Seemöwe fliegt über die
winterliche Kälte, und die Schwermut ihres Schreis ist fast
nicht zu ertragen.

XIX

Der Punkt der Ehre

Nichts verhindert so sehr freundschaftliche Beziehungen
zwischen verschiedenen Ländern wie die wunderlichen Vor=
stellungen, die sie gegenseitig über ihre Eigenschaften he=
gen, und vielleicht hat keine Nation so viel unter den Vor=
urteilen ihrer Nachbarn gelitten wie die Franzosen. Man
hielt sie für eine frivole Rasse, unfähig tiefer Gedanken,
vorlaut, unmoralisch und unzuverlässig. Sogar die Tugen=
den, die man ihnen zugestand, ihr Scharfsinn, ihre Fröhlich=
keit, wurden ihnen (wenigstens von den Engländern) nur
gönnerhaft zugestanden; schließlich waren es keine Tugen=
den, auf die die Angelsachsen großes Gewicht legten. Man
hat sich niemals klargemacht, daß der französische Charak=
ter im Grunde von tiefer Ernsthaftigkeit ist, und daß das
vornehmlichste Interesse des Durchschnittsfranzosen der
Sorge um seine persönliche Würde gilt. Es ist kein Zufall,
daß La Rochefoucauld, ein unbestechlicher Richter der
menschlichen Natur im allgemeinen und der seiner Lands=
leute im besonderen, *l'honneur* zum Angelpunkt seines Sy=
stems gemacht hat. Die Spitzfindigkeit, mit der unsere
Nachbarn darüber wachen, hat den Briten, der es gewohnt

ist, sich selbst mit Humor zu betrachten, oft amüsiert; aber sie ist eine lebendige Kraft, wie man so schön sagt, für den Franzosen, und man kann nicht erwarten, ihn zu verstehen, es sei denn, man hat immer die Empfindlichkeit seines Ehr= begriffes vor Augen.

Diese Überlegungen drängten sich mir immer auf, wenn ich den Vicomte de Steenvoorde sah, wie er seinen prächtigen Wagen steuerte oder am Kopfende seines eigenen Tisches saß. Er vertrat bestimmte wichtige französische Interessen in China, und man sagte ihm nach, daß er mehr Macht am Quai d'Orsay habe als der Minister selbst. Zwischen den beiden gab es niemals ein sehr herzliches Gefühl, da es der letztere ganz natürlich übelnahm, daß einer seiner Lands= leute hinter seinem Rücken mit den Chinesen in diplomati= schen Angelegenheiten verkehrte. Das Ansehen, in dem Monsieur de Steenvoorde zu Hause stand, wurde hin= reichend durch die rote Rosette bewiesen, die das Revers seines Gehrocks schmückte.

Der Vicomte hatte einen schönen Kopf, etwas kahl, aber nicht unkleidsam — *une légère calvitié*, wie es die französi= schen Novellisten bezeichnen, damit der grausamen Tat= sache zur Hälfte ihren Stachel raubend —, eine Nase wie die des großen Herzogs von Wellington, glänzende schwarze Augen unter schweren Augenlidern, einen schmalen Mund, der sich unter einem überaus stattlichen Schnurrbart ver= steckte, dessen Enden der Vicomte häufig mit weißen, reich= beringten Fingern zwirbelte. Sein würdiges Aussehen wurde noch erhöht durch ein dreifaches, gewichtiges Kinn. Er hatte einen mächtigen Rumpf und war von imponierender Kor= pulenz, so daß er, wenn er bei Tisch saß, immer ein wenig abgerückt davon saß, als äße er nur unter Protest und habe nur für einen winzigen Imbiß Platz genommen; aber die Natur hatte ihm einen gemeinen, wenngleich durchaus nicht ungewöhnlichen Streich gespielt: Seine Beine waren viel zu kurz für seinen Körper, so daß man, wenn er aufstand, überrascht feststellte, daß er kaum von durchschnittlicher Größe war, obgleich er im Sitzen ganz den Eindruck eines großgewachsenen Mannes machte. Aus diesem Grunde machte er auch den besten Effekt, wenn er bei Tisch saß oder mit seinem Wagen durch die Stadt fuhr. Dann war seine Erscheinung achtunggebietend. Wenn er einem zu= winkte oder mit einer ausholenden Geste den Hut abnahm, dann spürte man, daß es unglaublich leutselig von ihm war, überhaupt eine Notiz von menschlichen Wesen zu nehmen. Er besaß die ganze solide Achtbarkeit jener Staatsmänner von Louis Philippe, die einen, in nüchternem Schwarz, mit langen Haaren und glattrasierten Gesichtern, in ungeheurer Feierlichkeit von den Gemälden Ingres' anstarren.

Man hört oft von Leuten, die wie ein Buch reden. Monsieur de Steenvoorde redete wie eine Zeitschrift, natürlich nicht wie eine Zeitschrift, die der leichten Literatur dient und der Zerstreuung für eine Mußestunde, sondern wie eine Zeit= schrift von gesunder Gelehrsamkeit und einflußreichen An= sichten. Monsieur de Steenvoorde redete wie die *Revue des Deux Mondes*. Ein Hochgenuß, ihm zu lauschen, wenn auch etwas ermüdend! Er besaß die Geläufigkeit derer, die das= selbe wieder und wieder gesagt haben. Er war niemals um ein Wort verlegen. Er drückte alles mit einer Klarheit, einer wunderbaren Gewähltheit der Sprache und mit einer solchen Autorität aus, daß das Augenfällige auf seinen Lippen all das Funkeln eines Epigramms hatte. Er war keineswegs ohne Witz. Er konnte auf Kosten seiner Nachbarn sehr

amüsant sein. Und wenn er gerade etwas besonders Mali=
ziöses gesagt hatte und sich an einen wendete mit der Be=
merkung: „*Les absents ont toujours tort*", dann gelang es
ihm, ihr die Frische eines originalen Aphorismus zu ver=
leihen. Er war überzeugter Katholik, aber, wie er sich selbst
schmeichelte, kein Reaktionär; ein Mann von Rang, von
Substanz, von Prinzipien.

Ein unbemittelter Mann, aber ehrgeizig (Ruhm, die letzte
Schwäche des edlen Geistes), hatte er um der enormen Mit=
gift willen die Tochter eines Zuckerhändlers geheiratet,
heute eine geschminkte kleine Dame mit rötlichem Haar
in wunderschönen Kleidern, und es mußte für ihn eine
schmerzhafte Prüfung gewesen sein, daß er sie, als er ihr
seinen ehrenvollen Namen gab, nicht auch mit dem Sinn
für persönlichen Stolz ausstatten konnte, der ein so mäch=
tiges Motiv bei all seinen Handlungen war. Denn wie viele
große Männer war Monsieur de Steenvoorde mit einer Frau
verheiratet, die ihm äußerst untreu war. Aber dieses Un=
glück trug er mit einer Tapferkeit und einer Würde, die
absolut charakteristisch waren. Sein Betragen war so voll=
kommen, daß sein Unglück ihn in den Augen seiner Freunde
ausdrücklich größer machte. Er war für alle ein Gegenstand,
dem sie ihr Mitgefühl schenken durften. Er mochte ein
Hahnrei sein, aber er blieb eine große Persönlichkeit. Und
in der Tat, wann immer Madame de Steenvoorde sich einen
neuen Liebhaber nahm, bestand er darauf, daß ihre Eltern
ihm eine hinreichende Summe Geldes gäben, um die
Schmach an seinem Namen und seiner Ehre wiedergutzu=
machen. Nach einem allgemeinen Gerücht handelt es sich
um eine Viertelmillion Francs, aber bei dem augenblicklichen
Preis des Silbers glaube ich, daß ein Geschäftsmann darauf

bestehen würde, in Dollars bezahlt zu werden. Monsieur de Steenvoorde ist schon ein vermögender Mann, aber bevor seine Frau das kanonische Alter erreicht haben wird, wird er zweifellos ein reicher Mann sein.

XX

Das Lasttier

Wenn du zum erstenmal den Kuli auf der Straße siehst, wie er seine Last trägt, ist es ein ansprechendes Bild, als das dein Auge ihn aufnimmt. In seinen blauen Lumpen, ein Blau von allen Schattierungen, von Indigo bis Türkis und der Blässe eines milchigen Himmels, paßt er in die Landschaft. Er scheint hier genau richtig zu sein, wie er da auf der schmalen Chaussee zwischen den Reisfeldern dahintrottet oder einen grünen Hügel erklimmt. Seine Kleidung besteht nur aus einem kurzen Kittel und Hosen; und wenn er auch zuerst einen Anzug aus einem Stück besaß, so denkt er doch niemals, wenn es ans Flicken geht, daran, ein Stück Stoff derselben Farbe zu wählen. Er nimmt alles, was ihm in die Hände kommt. Gegen Sonne und Regen schützt er seinen Kopf mit einem Strohhut von der Form eines Löschhütchens mit einer lächerlich breiten und großen Krempe.
Du siehst eine Reihe Kulis herankommen, einer hinter dem andern, jeder mit einer Stange über den Schultern, an deren Enden zwei große Ballen hängen, und sie bilden ein hübsches Muster. Es ist lustig, ihre eilenden Spiegelungen im Wasser der Reisfelder zu beobachten. Und dann betrachtest du ihre Gesichter, wenn sie an dir vorbeigehen. Es sind gut-

mütige, offene Gesichter, so würdest du sicher gesagt haben, wenn man dir nicht eingetrichtert hätte, daß der Orientale undurchschaubar ist; und wenn du siehst, wie sie sich zwischen ihren Lasten unter einem Maulbeerbaum an einem Altar am Wege niederlegen, rauchend und fröhlich schwatzend, und falls du einmal versucht hast, die Ballen zu heben, die sie dreißig Meilen und mehr am Tage schleppen, dann scheint es dir nur natürlich, Bewunderung für ihre Ausdauer und ihre Geisteshaltung zu fühlen. Aber man wird dich für ein wenig töricht halten, wenn du deine Bewunderung den langjährigen Bewohnern Chinas gegenüber erwähnst. Man wird dir mit einem nachsichtigen Achselzucken erzählen, daß die Kulis Tiere sind und seit zweitausend Jahren, Vater wie Sohn, Lasten getragen haben, daß es einen also nicht wundern kann, wenn sie es fröhlich tun. Und tatsächlich, du kannst es selbst sehen, daß sie schon früh damit anfangen, denn du wirst kleinen Kindern begegnen, die ein Joch auf ihren Schultern tragen und unter dem Gewicht von Gemüsekörben schwanken.

Der Tag nimmt zu, und es wird wärmer. Die Kulis ziehen ihre Kittel aus und gehen bis zur Taille entblößt. Dann siehst du manchmal bei einem Mann, wenn er für einen Augenblick ausruht, die Last auf dem Boden, aber die Stange noch auf den Schultern, so daß er ein wenig kauernd ruhen muß, das arme müde Herz gegen die Rippen schlagen: Du siehst es so deutlich wie im Ambulanzraum eines Hospitals bei manchen Herzkrankheiten. Es ist seltsam schmerzlich, das zu beobachten. Und dann siehst du auch die Rücken der Kulis. Der Druck der Stange über Jahre hin, Tag für Tag, hat harte rote Narben hinterlassen, und manchmal sind es sogar offene Wunden, große Wunden ohne Verband und Schutz, die gegen das Holz reiben; aber das Seltsamste von allem ist, daß manchmal, als wolle die Natur den Menschen diesem grausamen Gebrauch, zu dem er verurteilt ist, anpassen, eine wunderliche Mißbildung gewachsen zu sein scheint, eine Art Höcker, wie der eines Kamels, auf dem die Stange ruht. Aber ob schlagendes Herz oder schmerzhafte Wunde, bitterer Regen oder brennende Sonne, sie gehen ewig ihres Wegs, von der Morgendämmerung bis zur Abenddämmerung, Jahr für Jahr, von der Kindheit bis ins hohe Alter. Du siehst alte Männer ohne ein Gramm Fett auf dem Körper, ihre Haut hängt pergamenten und lose um ihre Knochen, ihre kleinen Gesichter sind runzlig und wie die Gesichter von Affen, ihr Haar ist dünn und grau, und sie wanken unter ihren Lasten bis an den Rand des Grabes, in dem sie schließlich Ruhe finden werden. Und noch immer gehen die Kulis, nicht gerade rennend, aber auch nicht langsam, schnell und ein wenig schräg, die Augen auf dem Boden, um den Platz zu wählen, auf den sie ihre Füße setzen, auf dem Gesicht einen gespannten, ängstlichen Ausdruck. Du kannst nicht länger ein Muster aus ihnen machen, wie sie da ihres Wegs gehen. Ihre Mühe bedrückt dich. Nutzloses Mitleid erfüllt dich.

In China ist es der Mensch, der das Lasttier ist.

„Dauernd gequält zu sein von der Last und Müh des Lebens, es zu durcheilen, schnell, ohne die Möglichkeit, im Lauf innezuhalten — ist das nicht tatsächlich erbarmenswert? Zu arbeiten ohne Unterlaß, und dann — ohne noch gelebt zu haben, um die Früchte zu genießen — davonzugehen, abgenutzt, plötzlich, ohne zu wissen, wohin — ist das nicht ein wirklicher Grund zur Trauer?"

So schrieb der chinesische Mystiker.

XXI

Dr. Macalister

Er war ein wohlgestalter Mann, gut in den Sechzigern, würde ich sagen, als ich ihn kennenlernte, aber noch gesund und rüstig. Er war dick, aber seine Größe gestattete ihm, seine Beleibtheit mit Würde zu tragen. Er hatte ein kraft= volles, beinahe schönes Gesicht mit einer Höckernase, bu= schigen weißen Augenbrauen und einem festen Kinn. Er war schwarz gekleidet und trug einen weichen Kragen und ein weißes, geknotetes Halstuch. Er hatte das Aussehen eines englischen Geistlichen aus einer vergangenen Genera= tion. Seine Stimme war volltönend und herzlich, und er lachte ungestüm.
Seine Laufbahn war etwas ungewöhnlich. Er war vor drei= ßig Jahren als Missionsarzt nach China gekommen, aber jetzt war er nicht mehr Mitglied der Mission, obgleich er mit ihr noch auf gutem Fuß stand. Es war, wie es scheint, beschlossen worden, auf einem bestimmten wünschens= werten Platz, auf den der Doktor verfallen war, eine Schule zu bauen, und in einer übervölkerten chinesischen Stadt ist es niemals sehr einfach, Bauland zu finden; aber nachdem die Mission nach vielem Handeln den Platz schließlich ge= kauft hatte, machte sie die Entdeckung, daß der Eigentümer nicht der Chinese war, mit dem die Verhandlungen geführt worden waren, sondern der Doktor selbst. Da er genau wußte, daß die Schule gebaut werden mußte, und sah, daß

kein anderer Platz zur Verfügung stand, hatte er von einem chinesischen Bankier Geld geborgt und das Land selbst gekauft. Die Transaktion war nicht unehrenhaft, aber vielleicht war sie ein wenig gewissenlos, und die andern Mitglieder der Mission sahen sie nicht als guten Scherz an, wie es Dr. Macalister tat. Sie legten sogar eine gewisse Bitterkeit an den Tag, und das Ergebnis davon war, daß Dr. Macalister, obgleich er freundliche Beziehungen zu den Leuten aufrechterhielt, mit deren Zielen und Interessen er vollkommen sympathisierte, auf seine Stellung verzichtete. Er war als geschickter Arzt bekannt und hatte bald eine große Praxis bei Ausländern und Chinesen gleicherweise. Er machte ein Gasthaus auf, in dem der Reisende für einen bestimmten Preis, und zwar einen hohen, Kost und Logis bekommen konnte. Seine Gäste beklagten sich ein bißchen, weil ihnen nicht erlaubt wurde, Alkohol zu trinken, aber es war so viel bequemer als in einer chinesischen Herberge, und ein wenig Nachsicht mußte man eben den Prinzipien des Doktors gegenüber üben. Er war ein Mann voller Ideen. Er kaufte ein großes Stück Land auf einem Hügel auf der anderen Seite des Flusses und errichtete Bungalows, die er, einen nach dem andern, an die Missionare als Sommerwohnungen verkaufte; und außerdem besaß er einen großen Laden, in dem er alles verkaufte, von Ansichtskarten über Kuriositäten bis zu Worcester-Sauce und gestrickten Jumpern, was ein Ausländer vielleicht verlangen konnte. Er machte ein Bombengeschäft. Er hatte eine kaufmännische Ader.

Das Frühstück, zu dem er mich einlud, war eine recht imponierende Veranstaltung. Er wohnte über seinem Geschäft in einer großen Wohnung, die dem Fluß zu lag. Die Gesell=

schaft bestand aus Dr. Macalister und seiner dritten Frau, einer Dame von fünfundvierzig Jahren in goldgefaßter Brille und schwarzem Atlas, einem Missionar, der auf seinem Weg ins Landesinnere ein paar Tage bei dem Doktor ver= brachte, und zwei schweigsamen jungen Damen, die gerade in die Mission eingetreten waren und fleißig Chinesisch lernten. An den Wänden des Eßzimmers hing eine Reihe von Gratulationsrollen, die meinem Gastgeber von chinesi= schen Freunden und Konvertierten an seinem fünfzigsten Geburtstag überreicht worden waren. Es gab eine Fülle von Speisen, wie immer in China, und Dr. Macalister ließ ihnen volle Gerechtigkeit widerfahren. Das Mahl begann und endete mit einem langen Tischgebet, das er mit seiner tiefen Stimme und mit ergreifender Salbung hersagte.
Als wir in den Salon zurückkehrten, nahm Dr. Macalister, vor dem angenehmen Feuer stehend, denn es kann sehr kalt sein in China, eine kleine Fotografie vom Kaminsims und zeigte sie mir. „Wissen Sie, wer das ist?" fragte er.
Es war die Fotografie eines sehr dünnen, jungen Missionars in weichem Kragen und weißem Halstuch, mit großen, melan= cholischen Augen und dem Ausdruck tiefer Ernsthaftigkeit.
„Gut aussehender Bursche, was?" dröhnte der Doktor.
„Sehr", antwortete ich.
Ein etwas eingebildeter junger Mann vielleicht, aber Ein= bildung ist in der Jugend ein verzeihlicher Fehler, und hier war sie bestimmt aufgewogen durch die flehende Sehn= sucht des Ausdrucks. Es war ein hübsches, sensibles, ja so= gar schönes Gesicht, und diese betrübten Augen waren seltsam bewegend. Es lag Fanatismus in ihnen, vielleicht, aber es lag auch ein Mut in ihnen, der das Märtyrertum nicht fürchten würde; ein bezaubernder Idealismus umgab

den jungen Mann, und seine Jugend, seine Aufrichtigkeit wärmten einem das Herz.

„Ein ungemein anziehendes Gesicht", sagte ich, als ich die Fotografie zurückgab.

Dr. Macalister kicherte.

„So sah ich aus, als ich damals nach China kam", sagte er.

Es war eine Fotografie von ihm selbst.

„Niemand erkennt es", lächelte Mrs. Macalister.

„Es war mein genaues Abbild", sagte er.

Er spreizte die Schwänze seines schwarzen Rockes und pflanzte sich standhafter vor dem Feuer auf.

„Ich muß oft lachen, wenn ich an meine ersten Eindrücke von China denke", sagte er. „Ich kam her in der Erwartung, Beschwernisse und Entbehrungen auf mich zu nehmen. Mein erster Schock war der Dampfer mit seinem Essen, das aus zehn Gängen bestand, und seinem erstklassigen Komfort. Da gab es nicht viele Beschwernisse, aber ich sagte mir: Warte, bis du in China bist. Schön, in Schanghai traf ich mich mit ein paar Freunden, und ich wohnte in einem schö= nen Haus und wurde von erstklassigen Dienern bedient und aß gutes Essen. Schanghai, sagte ich, der Sündenpfuhl des Ostens. Im Innern wird es anders sein. Schließlich kam ich hierher. Ich mußte bei dem Leiter der Mission wohnen, bis meine eigene Unterkunft fertig war. Er lebte in einer ge= räumigen Wohnung. Er hatte ein schönes Haus mit ameri= kanischen Möbeln, und ich schlief in einem besseren Bett, als ich jemals geschlafen hatte. Er war ganz vernarrt in seinen Garten, und er zog alle Arten Gemüse darin. Wir hatten Salate, genau wie die Salate, die wir in Amerika hatten, und Früchte, alle Sorten von Früchten; er hielt sich eine Kuh, und so hatten wir frische Milch und Butter. Ich

glaubte, ich hätte nie in meinem Leben so viel und so gut gegessen. Man tat nichts selbst. Wenn man ein Glas Wasser wollte, rief man einen Boy, und der brachte es einem. Es war Sommeranfang, als ich ankam, und alle packten, um in die Berge zu fahren. Sie besaßen damals noch keine Bungalows, sondern sie verbrachten den Sommer gewöhnlich in einem Tempel. Ich fing an zu denken, daß ich nach allem mit nicht zu vielen Entbehrungen rechnen sollte. Ich hatte nach einer Märtyrerkrone Ausschau gehalten. Wissen Sie, was ich tat?"
Dr. Macalister grinste, als er an die langvergangene Zeit zurückdachte.
„In der ersten Nacht, die ich hier verbrachte, warf ich mich, als ich allein in meinem Zimmer war, auf mein Bett und heulte wie ein Kind."
Dr. Macalister erzählte weiter, aber ich konnte dem, was er sagte, nicht viel Aufmerksamkeit schenken. Ich überlegte, über welche Stufen er zu dem Mann geworden war, den ich jetzt kannte, von dem Mann, der er einmal gewesen war. Das ist die Geschichte, die ich gerne schreiben würde.

XXII

DIE STRASSE

Es ist gar keine Straße, sondern ein Damm, errichtet aus Steinen, die ungefähr dreißig Zentimeter dick und ein Meter zwanzig breit sind, so daß gerade für zwei Sänften Platz ist, vorsichtig aneinander vorbeizukommen. Der größte

Teil des Damms ist in hinreichend gutem Zustand, aber bisweilen sind die Steine zerbrochen oder weggeschwemmt durch die Bewässerung der Reisfelder, und dann wird das Gehen schwierig. Er windet sich in vielen Krümmungen den Pfad entlang, der die Städte verbunden hat, seit es, zum erstenmal vor tausend oder mehr Jahren, Städte in diesem Land gibt. Er schlängelt sich zwischen den Reis= feldern hin, folgt den Zufälligkeiten der Landschaft mit sorgsamer Nachlässigkeit; und man sieht, daß er in den Spuren errichtet wurde, die der Bauer einer sagenhaften Zeit hinterlassen hat, der nicht den schnellsten, sondern den bequemsten Weg suchte. Seine Anfänge kann man finden, wenn man die Hauptstraße verläßt und quer übers Land geht, zu einer Stadt hin, die von der Hauptstrecke des Ver= kehrs abgelegen ist. Da ist der Damm dann so schmal, daß für einen Kuli mit seiner Last kein Platz mehr ist zum Vorbeigehen, und wenn du mitten zwischen den Reisfeldern bist, dann muß er auf den kleinen, mit Bohnen bepflanzten Damm ausweichen, der die Felder voneinander trennt, bis du vorbei bist. Bald fehlen die Steine, und es geht einen Pfad aus getrocknetem Schlamm entlang, der so schmal ist, daß deine Träger vorsichtig ausschreiten.

Die Reise, entgegen all den Räuberpistolen, mit denen sie dich davon abhalten wollten, und trotz deiner Eskorte von zerlumpten Soldaten, ist bar des Abenteuers, aber sie ist reich an Begebenheiten. Da ist zunächst der dauernde Wechsel der Morgendämmerung. Dichter haben begeistert davon geschrieben, aber sie sind Langschläfer, und sie ver= trauten mehr der Inspiration ihrer Phantasie als ihren ver= schlafenen Augen. Denn wie der Frau im Traum einer Mondnacht, die Reize hat, die von den Schönheiten des wachen Tags nicht geteilt werden, haben sie ihr herrliche Eigenschaften zugeschrieben, die nur in der Einbildung be= stehen. Denn der köstlichste Tagesanbruch hat nichts von der Pracht eines alltäglichen Sonnenuntergangs. Aber weil es ein ungewohnter Anblick ist, scheint er von größerer Mannigfaltigkeit zu sein. Jede Morgendämmerung ist ein wenig verschieden von allen anderen, und man kann sich vorstellen, daß die Welt jeden Tag von neuem und nicht ganz genauso wie am Tag zuvor erschaffen wird.

Dann gibt es die alltäglichen Bilder am Straßenrand. Ein Bauer, bis zu den Hüften im Wasser, pflügt sein Feld mit einem ebenso primitiven Pflug, wie seine Väter sie vierzig lange Jahrhunderte verwandten. Der Wasserbüffel spritzt linkisch durch den Schlamm, und sein spöttisches Auge scheint zu fragen, wozu diese endlose Plackerei dient. Eine alte Frau in ihrem blauen Hemd und kurzen blauen Hosen geht vorüber, mit eingebundenen Füßen, und sie stützt ihren unsicheren Schritt mit einem langen Stab. Zwei dicke Chinesen in ihren Sänften kommen an dir vorüber, und im Vorüberkommen starren sie dich mit neugierigen und doch trägen Blicken an. Wen immer du erblickst, es ist ein Er= eignis, wie immer trivial, aber ausreichend, für einen Augen= blick deine Phantasie zu wecken; und jetzt ruhen deine Augen mit Freude auf der glatten, gelben, elfenbeingleichen Haut einer jungen Mutter, die daherschlendert, ein Kind auf den Rücken gebunden, auf dem runzligen, unerforschlichen Antlitz eines alten Mannes oder auf dem feinen, durch das Fleisch des Gesichts hindurch sichtbaren Knochenbau eines stämmigen Kulis. Und neben all dem gibt es das immer= währende Vergnügen, mit dem du das Land vor dir aus= gebreitet siehst, nachdem du mühsam einen Hügel erklom=

men hast. Tag für Tag ist es der gleiche Anblick, aber jedesmal, wenn du es wieder siehst, befällt dich dieselbe leichte Sensation des Entdeckens. Dieselben kleinen runden Hügel, sie umgeben dich wie eine Schafherde, sie folgen aufeinander, so weit dein Auge reicht; und auf vielen steht ein einsamer Baum, als sei er bedachtsam um des Bildes willen gepflanzt worden, und reckt sein graziles Muster gegen den Himmel. Dieselben Bambushaine lehnen sich an= mutig, sie fast gänzlich umringend, gegen immer dieselben Bauernhäuser, die sich mit ihren zusammengedrängten Dächern in immer dieselben geschützten Niederungen ku= scheln. Und der Bambus wächst über die Landstraße mit einer bewundernswerten Anmut. Er hat die Herablassung von großen Damen, die eher schmeichelt als kränkt. Er be= sitzt die Selbstverständlichkeit von Blüten, die Leichtfertig= keit guter Herkunft, die ihrer Wohlerzogenheit zu sicher ist, als daß sie jemals der Gefahr der Ausschweifung erliegen könnte. Aber der Gedächtnisbogen, für eine tugendhafte Witwe oder einen glücklichen Gelehrten errichtet, gemahnt dich daran, daß du dich einem Dorf oder einer Stadt näherst, und dann kommst du, für einen Augenblick die Sensation der Einwohner, an einer Reihe roher, schmutziger Hütten vorbei oder durch eine betriebsame Straße. Die Straße ist gegen die Sonne durch große Matten geschützt, die von einem Dach zum andern gespannt sind; es herrscht ein trübes Licht, und die sich drängende Menge wirkt irgend= wie unnatürlich. Du denkst, daß die Menschen in jenen verzauberten Städten, die der Arabienreisende kennt, so ausgesehen haben müssen, wo einen während der Nacht eine schreckliche Verwandlung überkam, so daß du, bis du die Zauberformeln, dich zu befreien, gefunden hattest, in der Gestalt eines einäugigen Esels oder eines grüngelben Papageis durch das Leben gehen mußtest. Die Händler in ihren offenen Geschäften scheinen keine gewöhnlichen Waren feilzubieten, und in den Tavernen werden Gerichte zubereitet, die für Menschen furchtbar zu essen sein müssen. Dein Auge freut sich, inmitten der Einförmigkeit, denn jede chinesische Stadt gleicht, auf alle Fälle für das Auge eines Fremden, sehr jeder andern, wenn es unbedeutende Unter= schiede bemerkt, und so betrachtest du die vorherrschenden Gewerbe in jeder einzelnen. Jede Stadt fertigt all das, was ihre Bewohner brauchen, aber sie hat auch ihre Spezialität, und hier findest du Baumwollkleider, dort Kordel, und hier wieder Seide. Jetzt wächst der Orangenbaum, golden von Früchten, seltener, und das Zuckerrohr tritt in Erscheinung. Die schwarzen Seidenkappen räumen dem Turban das Feld, und der rote Regenschirm aus Ölpapier weicht dem Schirm aus leuchtendblauer Baumwolle.

Aber dies sind die ganz alltäglichen Geschehnisse eines je= den Tages. Sie sind wie die erwarteten Zufälligkeiten des Lebens, die es vor der Monotonie bewahren, Arbeitstage und Feiertage, Treffen mit deinen Freunden, der Frühlings= anfang mit seiner gehobenen Stimmung und der Beginn des Winters mit seinen langen Abenden, seinen leichten Ver= traulichkeiten, seinem Zwielicht. Hin und wieder, wie wenn die Liebe auf den Plan tritt und alles nur zu einem Rahmen für ihren Glanz macht und die alltäglichen Begebenheiten auf eine Höhe hebt, wo die läppischsten Dinge eine geheim= nisvolle Bedeutung bekommen — hin und wieder wird der Alltagslauf unterbrochen, und du stehst einer Schönheit gegenüber, die deine Seele gefangennimmt, unvorbereitet, im Sturm. Denn undeutlich im Dunst siehst du vielleicht die phantastischen Dächer eines Tempels, der erhaben auf einer riesigen steinernen Bastion aufragt, die als ein natürlicher Graben ein ruhiger grüner Fluß umspült, und wenn die Sonne ihn dann bescheint, vermeinst du den Traum eines chinesischen Palastes zu sehen, eines Palasts, so reich und prächtig wie jene, die in der Phantasie der arabischen Märchenerzähler leben; oder wenn du in der Dämmerung einer Fähre begegnest, dann siehst du vielleicht, ein wenig oberhalb, einen Sampan, in dem ein Fährmann eine Menge von Passagieren übersetzt, und du erkennst plötzlich Cha= ron, und du weißt mit einemmal, daß seine Passagiere die traurigen Toten sind.

XXIII

Gottes Wahrheit

Birch war der Agent der B.A.T., und er war in einer kleinen Stadt im Landesinnern stationiert, deren Straßen, wenn es geregnet hatte, dreißig Zentimeter tief mit Schlamm bedeckt waren. Dann mußte man sich ganz in seinen Wagen hinein= verkriechen, um nicht von Kopf bis Fuß bespritzt zu werden. Der Fahrweg, vom endlosen Verkehr gänzlich abgenutzt, war so voller Löcher, daß einen der Atem aus dem Körper herausgestoßen wurde, während man sich schwerfällig in langsamem Schritt dahinbewegte. Es gab zwei oder drei Ge= schäftsstraßen, aber er kannte alles, was es da gab, aus= wendig; und es gab endlos gewundene Gäßchen, deren ein= förmige hingedehnte Mauern nur von festverschlossenen

Türen unterbrochen waren. Das waren die Chinesenhäuser, und sie waren ebenso undurchdringlich für einen von seiner Farbe, wie es das Leben war, das ihn umgab. Er hatte großes Heimweh. Drei Monate lang hatte er mit keinem weißen Mann gesprochen.

Sein Tagewerk war getan. Und weil er nichts anderes zu tun hatte, machte er den einzigen Spaziergang, den es gab. Er ging durch das Stadttor und schlenderte auf der holprigen Straße mit ihren tiefen Furchen auf das Land hinaus. Das Tal war von wilden, kahlen Bergen begrenzt, sie schienen ihn einzuschließen. Unermeßlich weit fühlte er sich von der Zivilisation entfernt. Er wußte, daß er es sich nicht gestatten durfte, sich dem Gefühl der gänzlichen Einsamkeit hinzugeben, das ihn befiel, aber es brauchte eine größere Anstrengung als gewöhnlich, die Ohren steifzuhalten. Er war beinahe am Ende seiner Kräfte. Plötzlich sah er einen weißen Mann, der ihm auf einem Pony entgegengeritten kam. Dahinter folgte langsam ein chinesischer Karren, in dem vermutlich seine Habseligkeiten waren. Birch vermutete sofort, daß es ein Missionar sei, der von seiner Station weiter im Landesinneren zu einem der Vertragshäfen reiste, und sein Herz hüpfte vor Freude. Schließlich würde er jetzt doch noch jemanden haben, mit dem er reden konnte. Er beschleunigte seinen Schritt. Seine Mattigkeit verließ ihn. Er war ganz munter jetzt. Er rannte fast, als er bei dem Reiter ankam.

„Hallo", sagte er, „wo kommen Sie denn mit einemmal her?"

Der Reiter hielt an und nannte eine entfernte Stadt.

„Ich bin auf dem Weg hinunter, um den Zug zu nehmen", fügte er hinzu.

„Sie sollten lieber die Nacht bei mir verbringen. Ich habe seit drei Monaten keinen Weißen mehr gesehen. Ich habe eine Menge Platz. B.A.T., wissen Sie."
„B.A.T.", sagte der Reiter. Sein Gesicht veränderte sich, und seine Augen, zuvor freundlich und lächelnd, wurden hart. „Ich wünsche nichts mit Ihnen zu tun zu haben."
Er gab seinem Pony einen Tritt und ritt an, aber Birch packte den Zügel. Er konnte seinen Ohren nicht trauen.
„Was meinen Sie?"
„Ich kann nichts mit einem Mann zu tun haben, der mit Tabak handelt. Lassen Sie den Zügel los."
„Aber ich habe seit drei Monaten mit keinem Weißen ge= sprochen!"
„Das ist nicht meine Sache. Lassen Sie den Zügel los."
Und wieder gab er seinem Pony einen Tritt. Er preßte seine Lippen eigensinnig zusammen und blickte finster auf Birch. Da verlor Birch die Nerven. Er hängte sich an den Zügel, als das Pony antrabte, und fing an, den Missionar zu ver= fluchen. Er schrie ihm jedes Schimpfwort zu, das ihm gerade einfiel. Er fluchte. Er war schrecklich gewöhnlich. Der Mis= sionar antwortete nicht, trieb nur sein Pony an. Birch packte das Bein des Missionars und riß es aus dem Steigbügel; fast wäre der Missionar heruntergefallen, und er hing in einer etwas unwürdigen Art und Weise in der Mähne des Ponys. Dann kam er, halb rutschend, halb fallend, auf den Boden. Der Karren hatte sie jetzt erreicht und hielt an. Die zwei Chinesen, die darinsaßen, betrachteten die weißen Männer mit träger Neugier. Der Missionar war bleich vor Wut.
„Sie haben mich angegriffen. Ich werde dafür sorgen, daß Sie entlassen werden."
„Sie können zur Hölle gehen", sagte Birch. „Seit drei Mo=

naten habe ich keinen Weißen gesehen, und Sie wollen nicht mal mit mir sprechen. Nennen Sie sich einen Christen?"
„Wie heißen Sie?"
„Birch ist mein Name, und Sie soll der Teufel holen."
„Ich werde es Ihrem Chef melden. Treten Sie jetzt zurück und lassen Sie mich meine Reise fortsetzen."
Birch ballte die Fäuste.
„Machen Sie sich fort, oder ich brech Ihnen alle Knochen im Leib."
Der Missionar stieg auf, gab seinem Pony einen scharfen Schlag mit der Peitsche und galoppierte davon. Der chinesische Karren rumpelte langsam hinterdrein. Aber als Birch jetzt allein war, verließ ihn sein Zorn, und gegen seinen Willen brach ein Schluchzen von seinen Lippen. Die kahlen Berge waren weniger hart als das Herz des Menschen. Er wandte sich um und ging langsam zurück zu der kleinen, ummauerten Stadt.

XXIV

Romanze

Den ganzen Tag war ich den Fluß hinuntergefahren. Dies war der Fluß, den Chang Chien, auf der Suche nach seiner Quelle, viele Tage lang hinaufgesegelt war, bis er zu einer Stadt gelangte, wo er ein Mädchen sah, das spann, und einen Jüngling, der einen Ochsen ans Wasser führte. Er fragte, was das für ein Ort sei, und als Antwort gab ihm das Mädchen ihr Weberschiffchen und trug ihm auf, er

solle es bei seiner Heimkehr dem Astrologen Yen Chün=
ping zeigen, dann würde der wissen, wo er gewesen war.
So tat er, und der Astrologe erkannte sofort das Weber=
schiffchen als das des Spinnenden Mädchens und berichtete
weiter, daß er an dem Tag und zu der Stunde, als Chang
Chien das Schiffchen erhalten, einen wandernden Stern be=
merkt hatte, der sich zwischen das Spinnende Mädchen und
den Kuhhirten drängte. So erfuhr Chang Chien, daß er
mitten auf der Milchstraße gesegelt war.
Ich jedoch war nicht so weit gewesen. Den ganzen Tag, wie
an den sieben vorhergehenden, hatten meine fünf Ruderer,
aufrechtstehend, gerudert, und in meinen Ohren klang noch
das eintönige Geräusch der Riemen gegen den hölzernen
Pflock nach, der als Dolle diente. Hin und wieder wurde
das Wasser sehr seicht, und es gab ein Knarren und Stoßen,
wenn wir über die Steine des Flußbettes ratschten. Dann
krempelten zwei oder drei der Ruderer ihre blauen Hosen
bis zur Hüfte hoch und ließen sich über den Rand des
Bootes gleiten. Mit lautem Geschrei schleppten sie das
flachkielige Boot über die Untiefe. Und hin und wieder
kamen wir zu einer Stromschnelle, nicht sehr bedeutend,
wenn man sie mit den ungestümen Schnellen des Jangtse
verglich, aber reißend genug, um nach Schleppern zu rufen,
damit sie die Dschunken, die stromauf fuhren, zögen; und
wir, auf dem Weg stromabwärts, durchfuhren sie mit viel
Geschrei, schossen durch die schäumenden Strudel und er=
reichten alsbald ein so ruhiges Wasser wie auf irgendeinem
See.
Jetzt war es Nacht, und meine Mannschaft lag im Schlaf,
am Bug, zusammengedrängt unter so viel von einem Schutz=
dach, wie sie imstande gewesen waren, aufzurichten, als wir

in der Dämmerung Anker warfen. Ich saß auf meinem Bett. Bambusmatten, über drei hölzerne Bogen gebreitet, bilde= ten die ärmliche Kajüte, die mir seit einer Woche als Wohn= und Schlafraum diente. An einer Seite war sie von einer Bretterwand abgeschlossen, die so roh zusammengezimmert war, daß zwischen den Brettern große Spalten klafften. Der scharfe Wind blies hindurch. Und auf der anderen Seite da= von war die Besatzung — gute, kräftige Burschen —, ruderte bei Tag und schlief des Nachts, zusammen dann mit dem Steuermann, der vom Morgengrauen bis zur Abenddämme= rung in seinem zerlumpten blauen Kleid und einer wattier= ten Jacke von verwaschenem Grau, mit einem schwarzen Turban um den Kopf, an dem langen Ruder gestanden hatte, das sein Steuer war. Es gab keine andere Einrichtung als mein Bett, ein schmales Becken, das einer riesigen Sup= penterrine glich, in dem Holzkohlen brannten, denn es war kalt, einen Korb, der meine Kleider enthielt und mir als Tisch diente, und eine Sturmlampe, die von einem der Bo= gen herabhing und leicht mit der Bewegung des Wassers schwankte. Die Kajüte war so niedrig, daß ich, eine Person von nicht großem Wuchs (ich tröste mich immer mit Bacons Beobachtung, daß große Menschen wie große Häuser sind, das oberste Stockwerk ist gewöhnlich das am wenigsten ausgestattete), nur so eben aufrecht darin stehen konnte. Einer der Schläfer begann lauter zu schnarchen, und viel= leicht weckte er zwei andere damit, denn ich hörte sie spre= chen; aber es hörte gleich wieder auf, der Schnarcher war ruhig, und alles war wieder still.

Und dann plötzlich hatte ich das Gefühl, mir gegenüber, mich fast berührend, sei das romantische Abenteuer, das ich suchte. Es war ein Gefühl wie kein zweites, ebenso spezi=

fisch wie das elektrisierende Gefühl der Kunst; aber ich hätte nicht um alles in der Welt sagen können, was es war, das mir diese seltene Emotion verschaffte. Im Laufe meines Lebens war ich oft in Situationen, die mir, hätte ich von ihnen gelesen, romantisch genug erschienen wären; aber nur in der Rückschau, indem ich sie mit meinen Vorstellungen von dem, was romantisch war, verglich, habe ich sie überhaupt als außergewöhnlich angesehen. Nur durch eine Bemühung der Vorstellungskraft, indem ich mich gewissermaßen zum Betrachter meiner selbst machte, während ich eine Rolle spielte, habe ich die besondere Beschaffenheit von Umständen entdeckt, die mir bei anderen erfüllt von ihrer zarten Blüte erschienen wären. Wenn ich mit einer Schauspielerin tanzte, deren Faszination und deren Talent sie zum Idol meines Landes machten, oder wenn ich durch die Räumlichkeiten eines großen Hauses wanderte, in dem alles versammelt war, was London an durch Geschlecht oder Geist ausgezeichneten Leuten aufzuweisen hatte, habe ich erst hinterher bemerkt, daß hier vielleicht, wenn auch auf eine etwas ouidaeske Art, Romantik war. In der Schlacht, wenn ich, selbst nicht in großer Gefahr, in der Lage war, die Ereignisse mit zitterndem Interesse zu beobachten, hatte ich nicht die Gelassenheit, die Rolle des Zuschauers zu spielen. Ich bin unter dem vollen Mond durch die Nacht gesegelt, zu einem Koralleneiland im Pazifik, und da gaben mir die Schönheit und das Wunder des Schauspiels ein ganz bewußtes Glücksgefühl, aber später erst das erregende Gefühl, daß das Romantische und ich sich mit den Fingerspitzen berührt hatten. Ich hörte das Schlagen seiner Schwingen, als ich einst in einem Schlafzimmer in einem New Yorker Hotel mit einem halben Dutzend anderer um

den Tisch saß und Pläne schmiedete, um ein altes König=
reich, dessen Beleidigungen ein Jahrhundert lang die Dich=
ter und die Patrioten begeistert hatten, wiederherzustellen;
doch mein hauptsächliches Empfinden war ein überraschtes
Belustigtsein, daß ich mich durch die Zufälle des Kriegs mit
einem Geschäft befaßt fand, das meinen Neigungen so
fremd war. Die wirkliche Erregung eines romantischen Er=
lebnisses ergriff mich unter Umständen, die man für weit
weniger romantisch halten würde, und ich erinnere mich,
daß ich sie zum erstenmal an einem Abend kennenlernte,
an dem ich in einer Hütte an der bretonischen Küste Kar=
ten spielte. Im Nebenzimmer lag ein alter Fischer im Ster=
ben, und die Frau des Hauses sagte, daß er mit der Flut
hinübergehen würde. Draußen tobte ein Sturm, und es
schien passend für die letzten Augenblicke dieses alten
Kämpfers der Meere, daß sein Davongehen begleitet wurde
von den wilden Schreien des Windes, der sich gegen die
verschlossenen Fenster warf. Die Wogen donnerten auf die
gemarterten Felsen. Ich fühlte ein plötzliches Frohlocken,
denn ich wußte, hier war die Romantik.
Und nun war dasselbe Frohlocken in mir, und wieder lag
ein romantisches Abenteuer, wie eine körperliche Gegen=
wart, vor mir. Aber es war so unerwartet gekommen, daß
ich verwirrt war. Ich konnte nicht sagen, ob es sich mit den
Schatten eingeschlichen hatte, die die Lampe auf die Bam=
busmatten warf, oder ob es den Fluß herunterwehte, den
ich durch die offene Seite meiner Kajüte sah. Neugierig, die
Elemente zu kennen, die das unaussprechliche Vergnügen
des Augenblicks hervorriefen, ging ich zum Heck des Boo=
tes. Längsseits waren ein halbes Dutzend Dschunken ver=
täut, die den Fluß hinauffuhren, denn ihre Masten waren

aufgerichtet; und alles war still auf ihnen. Ihre Besatzungen lagen schon lange im Schlaf. Die Nacht war nicht dunkel, denn obgleich es wolkig war, schien der Mond voll, aber der Fluß war geisterhaft in diesem verschleierten Licht. Ein schwankender Dunst verwischte die Bäume am jenseitigen Ufer. Es war ein zauberhafter Anblick, aber es war nichts Ungewöhnliches daran, und was ich suchte, war nicht da. Ich wandte mich ab. Doch als ich unter mein Obdach aus Bambus zurückkehrte, war der Zauber, der ihm einen so außerordentlichen Charakter verliehen hatte, verflogen. Ach, ich glich einem Mann, der einen Schmetterling zer= legen würde, um zu entdecken, worin dessen Schönheit liegt. Und doch, wie Moses, als er vom Berge Sinai herab= stieg, auf seinem Gesicht noch das Leuchten seines Gesprächs mit dem Gotte Israels trug, so hatten meine kleine Kajüte, mein Holzkohlenbecken, meine Lampe und selbst mein Feld= bett noch etwas von der zitternden Erregung, die für einen Augenblick die meine gewesen war. Ich konnte sie nie wie= der völlig gleichgültig betrachten, denn ich hatte sie einen Augenblick lang verzaubert gesehen.

XXV

Der grosse Stil

Er war jetzt ein sehr alter Mann. Siebenundfünfzig Jahre war es her, daß er als Schiffsarzt nach China gekommen war und in einem der südlichen Häfen den Posten eines Medizinalbeamten übernommen hatte, den seine Gesund=

heit zwang, nach Hause zurückzukehren. Damals konnte er nicht jünger als fünfundzwanzig gewesen sein, so daß er jetzt über achtzig sein mußte. Er war ein hochgewachsener Mann, sehr mager, und die Haut hing an seinen Knochen wie ein Kleid, das viel zu groß für ihn war: Unter seinem Kinn hing ein großer Hautsack wie der Bart eines alten Truthahns; aber seine blauen Augen, groß und glänzend, hatten ihre Farbe behalten, und seine Stimme war kräftig und tief. In diesen siebenundfünfzig Jahren hatte er drei oder vier Ordinationen längs der Küste gekauft und wieder verkauft, und jetzt war er wieder zurück und ein paar Kilometer von dem Hafen entfernt, in dem er zuerst gelebt hatte. Es war ein Ankerplatz an der Mündung des Flusses, wo die Dampfer, die wegen ihres Tiefgangs die Stadt nicht erreichen konnten, ihre Fracht löschten oder luden. Hier wohnten nur sieben Europäer, es gab ein kleines Hospital und eine Handvoll Chinesen, so daß es der Mühe eines Doktors nicht wert gewesen wäre, sich hier niederzulassen, aber er war auch der Vizekonsul, und das leichte Leben war ihm in seinem hohen Alter gerade recht. Es gab genug zu tun, um ihm die Langeweile fernzuhalten, aber nicht genug, um ihn zu erschöpfen. Sein Geist war noch rege.

„Ich denke an Pensionierung", sagte er, „es ist an der Zeit, daß ich den Jungen eine Chance gebe."

Er unterhielt sich selbst mit Zukunftsplänen: Sein ganzes Leben lang hatte er sich gewünscht, die Westindischen Inseln zu besuchen, und jetzt wollte er es tun, bei seiner Seele. Bei Georg, Sir, er konnte es nicht viel länger hinausschieben. England? Nach allem, was er aus England hörte, war es gegenwärtig kein Platz für einen Gentleman. Das letzte Mal war er vor dreißig Jahren dortgewesen. Außerdem war er kein Engländer. Er war in Irland geboren. Ja, Sir, am Trinity College, Dublin, erhielt er sein Diplom; aber mit den Pfaffen auf der einen und den *Sinn Feiners* auf der anderen Seite konnte er nicht glauben, daß viel von dem Irland geblieben war, das er als Junge gekannt hatte. Ein schönes Land, um darin zu jagen, sagte er mit einem Funkeln seiner offenen blauen Augen.

Er hatte bessere Manieren, als man sie gewöhnlich bei Leuten dieses Berufs findet, die, obgleich mit vielen Tugenden gesegnet, irgendwie die Annehmlichkeiten eines höflichen Betragens vernachlässigen. Ich weiß nicht, ob es der Umgang mit den Kranken ist, der dem Arzt ein unglückliches Gefühl der Überlegenheit gibt, das Beispiel seiner Lehrer, von denen einige noch die schlechte Tradition einer Ruppigkeit haben, die gewisse eminente Praktiker der Vergangenheit als Berufsmerkmal hegten, oder ob es seine erste Übung an den armen Patienten eines Krankenhauses macht, die er als eine niederere Klasse als die seine anzusehen geneigt ist; aber sicher ist, daß kein Berufsstand auf der ganzen Welt die Höflichkeit so nötig hat.

Er war sehr verschieden von den Menschen meiner Generation; aber ob der Unterschied in seiner Stimme und Gebärde lag, in der Gewandtheit seiner Manieren, in der Vollendung seiner altmodischen Höflichkeit, das war nicht leicht zu entdecken. Ich glaube, er war entschiedener ein Herr, als es die Leute heutzutage sind, wo ein Mann ein Herr mit Abbitte ist. Das Wort steht in schlechtem Geruch, und die Qualitäten, die es bezeichnet, sind in großem Maße lächerlich geworden. Leute, die durch keine Dehnung des Begriffs so genannt werden können, haben ein großes Aufsehen in der Welt gemacht in den letzten dreißig Jahren, und sie ha=

ben alle Hilfsmittel ihres Sarkasmus benutzt, um einen Titel verhaßt zu machen, den niemals zu verdienen sie sich vielleicht allzu bewußt sind. Vielleicht aber lag seine Verschiedenheit auch in einer anderen Erziehung. In seiner Jugend war er vieles Nutzlose gelehrt worden, die Klassiker Griechenlands und Roms, und sie hatten ihm ein Fundament für seinen Charakter gegeben, wie es in der Gegenwart etwas selten geworden ist. Er war jung in einer Zeit, die die Wochenzeitung nicht kannte, und als das monatliche Magazin eine ernstzunehmende Sache war. Die Lektüre war solider. Vielleicht tranken die Männer mehr, als für sie gut war, aber sie lasen zum Vergnügen Horaz, und sie kannten die Romane von Sir Walter Scott auswendig. Und er erinnerte sich, *The Newcomes* gelesen zu haben, als es herauskam. Ich glaube, die Männer jener Zeit waren, wenn nicht wagemutiger als die heute, so doch wagemutiger im großen Stil: Heute wird ein Mann mit einem Scherz aus den *Comic Cuts* auf den Lippen sein Leben riskieren, damals geschah es mit einem lateinischen Zitat.

Aber wie kann ich die subtile Beschaffenheit analysieren, die diesen alten Mann auszeichnete? Lesen Sie eine Seite Swift: Es sind dieselben Worte, die wir heute gebrauchen, und es gibt kaum einen Satz, in dem sie nicht in die einfachste Anordnung gebracht sind; und doch ist da eine Würde, ein Umfassen, ein Aroma, die zu erreichen all unseren modernen Bemühungen mißlingt: Kurz, dort ist Stil. Und so in ihm. Er hatte Stil, und da gibt es nichts weiter zu sagen.

XXVI

Regen

Ja, aber die Sonne scheint nicht jeden Tag. Manchmal prasselt ein kalter Regen auf dich nieder, und ein Nordost läßt dich bis auf die Knochen erstarren. Deine Schuhe und deine Jacke sind noch naß vom Tag zuvor, und du mußt vor dem Frühstück drei Stunden gehen. Du wanderst in dem freudlosen Licht dieser bitteren Dämmerung, dreißig Meilen vor dir, und keine andere Aussicht am Ende des Wegs als die schmutzige Unbequemlichkeit einer chinesischen Herberge. Dort wirst du nackte Wände finden, einen feuchten Boden aus gestampfter Erde, und du wirst dich so gut es geht über einem Becken mit brennender Holzkohle trocknen.

Dann denkst du an dein behagliches Zimmer in London. Der Regen, der in Schauern gegen die Fenster treibt, macht die Wärme darin nur noch angenehmer. Du sitzt am Feuer, die Pfeife im Mund, und liest die *Times*, von vorn bis hinten, nicht die Leitartikel natürlich, aber die Seufzerspalte und die Annoncen von Landhäusern, die zu erschwingen du niemals in der Lage sein wirst. (In den Chilternbergen, im eigenen Park von hundertfünfzig Morgen gelegen, mit großem Garten, Obstbestand und so weiter, ein georgianisches Haus, in bestem Zustand, mit originalem Holzbau und Kaminsims, sechs Empfangszimmer, vierzehn Schlafzimmer, die üblichen Büroräume, neuzeitliche sanitäre Einrichtungen,

Pferdestall mit darüberliegenden Zimmern und ausgezeichnete Garage. Drei Meilen von erstklassigem Golfplatz gelegen.) Ich weiß dann, daß die Herren Knight, Frank und Rutley meine bevorzugten Autoren sind. Die Dinge, die sie behandeln, werden, wie die großen Gemeinplätze, die das Rohmaterial aller guten Poesie sind, niemals altbacken. Und ihre Art, wie die der besten Meister, ist charakteristisch, aber gleichzeitig mannigfach. Ihr Stil, wie der des Konfuzius gemäß den Sinologen, ist von einer schillernden Dichte: Bündig, aber eindringlich, verbindet er eine bewundernswerte Genauigkeit mit einer Weite des Bildes, die der Vorstellungskraft eine angenehme Freiheit gibt. Ihre Beherrschung von solchen Worten wie Meßrute und Viertelmorgen, von denen ich vermutlich einmal die Bedeutung wußte, die aber seit vielen Jahren ein Geheimnis für mich gewesen sind, ist verblüffend, und sie benutzen sie gewandt und sicher. Sie vermögen mit technischen Ausdrücken zu spielen mit dem Talent eines Rudyard Kipling, und sie können sie mit dem keltischen Glanz des Herrn W. B. Yeats belehnen. Sie haben ihre Individualitäten so sehr verbunden, daß ich den scharfsichtigsten Kritiker herausfordere, Spuren einer geteilten Autorschaft zu entdecken. Die Literaturgeschichte kennt die Zusammenarbeit zweier Schriftsteller, und die Namen von Beaumont und Fletcher, Erckmann-Chatrian, Besant und Rice springen in der erregten Erinnerung auf; aber jetzt, da die hohe Kritik den Glauben an dreifache Autorschaft der Bibel zerstört hat, die ich in meiner Jugend gelehrt wurde, vermute ich, daß der Fall Knight, Frank und Rutley einzig in seiner Art ist.

Dann kommt Elisabeth, sehr schmuck in dem weißen Eichhörnchenpelz, den ich ihr aus China mitgebracht habe, um mir auf Wiedersehen zu sagen, denn sie, das arme Kind, muß bei jedem Wetter aus dem Haus, und ich spiele Eisenbahn mit ihr, während ihr Kinderwagen startbereit gemacht wird. Natürlich, dann sollte ich etwas arbeiten, aber das Wetter ist so schlecht, daß ich mich träge fühle, und ich nehme statt dessen das Buch von Professor Giles über Chuang-Tsu zur Hand. Die starren Konfuzianer blicken finster auf ihn, weil er ein Individualist ist, und dem Individualismus des Zeit= alters schreiben sie den bejammernswerten Verfall Chinas zu, aber er ist eine gute Lektüre. Er besitzt den Vorteil, ohne großen Fleiß an einem Regentag gelesen werden zu können, und nicht selten stößt du auf einen Gedanken, der die deinen auf die Reise schickt, abschweifen läßt. Aber bald dringen Gedanken wie von selbst in dein Bewußtsein gleich den heranleckenden Wellen der steigenden Flut, und sie nehmen dich gefangen in dieser Ausschließlichkeit, zu der der alte Chuang-Tsu rät, und wenn du auch den Wunsch hast, müßig zu sein, setzt du dich doch an deinen Tisch. Nur der Dilettant benutzt ein Pult. Deine Feder geht leicht, und du schreibst ohne Mühe. Es ist sehr gut, am Leben zu sein. Dann kommen zwei amüsante Leute zum Lunch, und wenn sie wieder gegangen sind, wirfst du einen Blick bei Christie hinein. Du findest dort ein paar Ming-Figuren, aber sie sind weniger schön als die, die du selbst mitge= bracht hast aus China, und dann betrachtest du Bilder, die verkauft werden sollen, und du bist nur zu froh, daß du sie nicht besitzt. Du siehst auf die Uhr; bei Garrick beginnt ganz sicher ein Robber, und das unmögliche Wetter recht= fertigt es, daß du den Rest des Nachmittags verschwendest. Du kannst nicht sehr lange bleiben, denn du hast Plätze für eine Premiere, und du mußt nach Hause und dich für ein zeitiges Essen umkleiden. Du wirst gerade noch die Zeit haben, Elisabeth eine kleine Geschichte zu erzählen, bevor sie schlafen geht. Sie sieht wirklich goldig aus in ihrem Pyjama mit dem zu zwei Zöpfchen geflochtenen Haar. Es ist etwas um eine Premiere, das nur den Kritiker in seiner Übersättigung nicht mehr erregen kann. Es macht Spaß, deine Freunde zu sehen, und es ist amüsant, den Applaus im Parterre zu hören, wenn ein erklärter Liebling der Bühne, die köstliche Verlegenheit über das Erkanntwerden besser spielend als jemals hinter dem Rampenlicht, zu ihrem Platz geht. Es mag ein schlechtes Stück sein, das du gleich sehen wirst, aber es hat immerhin den Vorzug, daß niemand es vorher gesehen hat; und dann gibt es immer die Möglichkeit momentanen Bewegtseins oder eines Lächelns.

In ihren großen Strohhüten, die wie der Hut des liebeskranken Pierrots sind, aber mit einer riesigen Krempe, kommt dir eine Reihe Kulis entgegen, trottend, ein wenig nach vorn gebeugt unter dem Gewicht der großen Baumwollballen, die sie schleppen. Der Regen klatscht ihre blauen Kleider, die so dünn, so zerlumpt sind, an ihre Körper. Die geborstenen Steine der Straße sind schlüpfrig, und mühselig suchst du dir deinen schlammigen Weg.

XXVII

SULLIVAN

Er war ein irischer Matrose. In Hongkong verließ er sein Schiff und setzte sich in den Kopf, durch China zu wan= dern. Er verbrachte drei Jahre damit, das Land zu durch= streifen, und bald erlangte er eine sehr gute Kenntnis des Chinesischen. Er erlernte es, wie bei Männern seiner Klasse üblich, mit größerer Leichtigkeit, als es der höher Gebil= dete tut. Er lebte von seinen Einfällen. Er machte es sich zum Prinzip, dem britischen Konsul aus dem Weg zu gehen, aber in jeder Stadt, in die er kam, suchte er den Friedens= richter auf und präsentierte sich als einer, der auf dem Weg seines ganzen Geldes beraubt worden war. Seine Geschichte war nicht unwahrscheinlich, und sie wurde mit einer Fülle überzeugender Einzelheiten vorgebracht, die die Bewunde= rung eines so großen Meisters wie Captain Costigan erregt hätte. Nach chinesischer Art war der Friedensrichter eifrig darauf bedacht, ihn loszuwerden, und war froh, das um den Preis von zehn oder fünfzehn Dollar zu erreichen. Wenn er kein Geld bekommen konnte, so konnte er sich doch ge= wöhnlich darauf verlassen, daß er einen Schlafplatz und eine gute Mahlzeit bekam. Er hatte einen gewissen rauhen Humor, der den Chinesen gefiel. So fuhr er sehr erfolg= reich fort, bis er durch ein Mißgeschick auf einen Friedens= richter stieß, der von anderer Art war. Als er ihm seine Geschichte erzählte, sagte dieser Mann zu ihm:

„Du bist nichts als ein Bettler und Vagabund. Du mußt verprügelt werden."

Er gab einen Befehl, und der Bursche wurde prompt hinausgebracht, zu Boden geworfen und kräftig verdroschen. Er war nicht nur sehr verletzt, sondern außerordentlich überrascht, und, was mehr ist, seltsam gekränkt. Es nahm ihm den Mut. Auf der Stelle gab er sein Vagabundenleben auf, machte sich auf zu einem der Außenhäfen und wandte sich an den Zollvorsteher um eine Anstellung als Zollbeamter. Es ist nicht leicht, einen Weißen zu finden, der einen solchen Posten übernimmt, und denen, die sie suchen, werden nur wenige Fragen gestellt. Er erhielt den Job, und man kann ihn jetzt sehen, wie er, ein sonnverbrannter, glattrasierter Mann von fünfundvierzig Jahren, blühend und ziemlich kräftig in einer hübschen blauen Uniform, die Dampfer und Dschunken entert in einer kleinen, am Fluß gelegenen Stadt, wo der Handelsvertreter, der Postmeister, ein Missionar und er die einzigen Europäer sind. Seine Kenntnis der Chinesen und ihrer Art machen ihn zu einem unersetzlichen Beamten. Er hat eine kleine gelbe Frau und vier Kinder. Er schämt sich seiner Vergangenheit nicht, und bei einem kräftigen Whisky wird er einem die ganze Geschichte seiner abenteuerlichen Reisen erzählen. Aber daß er geschlagen wurde, kann er niemals verwinden. Es überrascht ihn noch immer, und er kann es nicht verstehen, er kann es einfach nicht. Er hegt keine Abneigung gegen den Friedensrichter, der die Strafe anordnete; sie spricht im Gegenteil seinen Sinn für Humor an.

„Er war ein großer Sportsmann, der alte Schuft", sagt er. „Nerven, was?"

XXVIII

Das Esszimmer

Es war ein riesiger Raum in einem riesigen Haus. Als es erbaut wurde, war das Bauen billig, und die Fürsten des Handels in jener Zeit bauten prächtig. Damals wurde leicht Geld verdient, und das Leben war üppig. Es war nicht schwer, sein Glück zu machen, und ein Mann konnte, fast bevor er noch die mittleren Jahre erreicht hatte, nach Eng= land zurückkehren und den Rest seiner Tage in einem ele= ganten Haus in Surrey verbringen, und das nicht mit we= niger Pracht. Es stimmt schon, daß die Bevölkerung des Landes feindselig war und immer die Möglichkeit bestand, daß ein Aufruhr ausbrach und einen zwang, um sein Leben zu fliehen, aber dies gab nur der Behaglichkeit des Lebens eine Würze. Und wenn Gefahr drohte, so war es so gut wie sicher, daß bald ein Kanonenboot eintraf, um Schutz oder Zuflucht zu bieten. Die ausländische Kolonie, weitgehend durch Heirat miteinander verbunden, lebte gesellig, und ihre Mitglieder unterhielten einander reichlich. Sie gaben pompöse Essen, sie tanzten zusammen, sie spielten Whist. Die Arbeit drängte nicht so, daß es etwa unmöglich ge= wesen wäre, hin und wieder ein paar Tage im Innern des Landes auf der Entenjagd zu verbringen. Sicher, es war sehr heiß im Sommer, und in ein paar Jahren neigte man dazu, die Dinge auf die leichte Schulter zu nehmen, aber der Rest des Jahres war nur warm, mit blauen Himmeln und einer angenehmen Luft, und das Leben war sehr angenehm. Es gab eine gewisse Freizügigkeit des Betragens, und niemand wurde es verübelt, wenn er mit einem kleinen Chinesenmädchen mit glänzenden Augen zusammenlebte, solange die Angelegenheit der Aufmerksamkeit der Damen nicht geradezu aufgedrängt wurde. Und wenn er dann heiratete, schickte er sie mit einem Geschenk davon, und falls Kinder dawaren, so wurde für sie in der eurasischen Schule in Schanghai gesorgt.

Aber dies angenehme Leben gehörte der Vergangenheit an. Der Hafen lebte von seinem Teeexport, und der Wechsel des Geschmacks vom chinesischen Tee zu dem aus Ceylon hatte ihn zugrunde gerichtet. Seit dreißig Jahren lag der Hafen im Todeskampf. Früher hatte der Konsul zwei Vizekonsuln, die ihm bei seiner Arbeit halfen, aber jetzt war er leicht in der Lage, sie allein zu tun. Und gewöhnlich richtete er es so ein, daß er am Nachmittag eine Partie Golf spielen konnte, und selten war er zu beschäftigt für einen Robber Bridge. Nichts erinnerte mehr an den alten Glanz außer den riesigen Handelshäusern, und die standen meist leer. Und die Teehändler, soweit sie noch dawaren, befaßten sich mit allen möglichen Nebenverdiensten in dem Bemühen, sich mit den Gegebenheiten einzurichten. Aber ihre Anstrengungen waren träge. Alle im Hafen schienen alt zu sein. Es war kein Platz für einen jungen Mann.

Und in dem Zimmer, in dem ich jetzt saß, las ich, wie mir schien, die Geschichte einer vergangenen Zeit und die Geschichte des Mannes, auf den ich wartete. Es war Sonntagvormittag, und als ich ankam, nach einer zweitägigen Reise auf einem Küstendampfer, war er in der Kirche. Ich versuchte, nach dem Zimmer sein Porträt zu zeichnen. Da war

etwas, das einen rührte. Es hatte die Pracht einer vergan=
genen Generation, aber eine Pracht, die ihren Höhepunkt
überschritten hatte, und seine Ordnung schien, ich weiß
nicht warum, eine verschämte Armut hervorzuheben. Auf
dem Fußboden lag ein großer türkischer Teppich, der in den
siebziger Jahren eine Menge Geld gekostet haben mußte,
aber jetzt war er recht fadenscheinig. Der riesige Mahagoni=
tisch, an dem so viele gute Essen gegessen worden waren,
mit einer solchen Verschwendung an Wein, war so glänzend
poliert, daß man sein Gesicht darin sehen konnte. Man
dachte an Port, alt und lohfarben, und glückliche, rotge=
sichtige Herren mit Backenbärten, die sich über die Possen
des Marktschreiers Disraeli unterhielten. Die Wände waren
von jenem dunklen Rot, das man für ein Eßzimmer ange=
messen hielt, als das Dinner noch eine respektable Beschäf=
tigung war, und sie waren schwer von Bildern. Hier hingen
der Vater und die Mutter meines Gastgebers, ein bejahrter
Herr mit grauem Bart und Glatze und eine ernste, schwarz=
gekleidete alte Dame, die ihr Haar nach Art der Kaiserin
Eugenie trug; und dort hing sein Großvater mit einer Hals=
binde und seine Großmutter mit einer Morgenhaube. Das
Mahagonibüfett mit einem Spiegel an seiner Rückfront war
mit silbernen Tabletts beladen, einem Teeservice und vie=
lem anderen, und in der Mitte des Eßtisches stand ein ge=
waltiger Tafelaufsatz. Auf dem Kaminsims aus schwarzem
Marmor stand eine schwarze Marmoruhr, zu beiden Seiten
von schwarzen Marmorvasen flankiert, und in den vier
Ecken des Zimmers waren Schränke, angefüllt mit allen
Arten von Silbergeschirr. Hier und da spreizten große Pal=
men in Kübeln ihre steifen Blätter. Auch die Stühle waren
aus schwerem Mahagoni, gepolstert und mit verblaßtem

Leder bezogen, und zu beiden Seiten des Kamins stand ein
Lehnsessel. Groß wie es war, schien das Zimmer doch über=
füllt, aber weil alles ziemlich abgenutzt war, machte es
einen melancholischen Eindruck. All diese Dinge schienen
ihr eigenes, trauriges Leben zu haben, aber ein Leben, das
unterdrückt wurde, als hätte die Gewalt der Umstände sich
als zu groß für sie erwiesen. Sie hatten nicht länger die
Stärke, gegen das Schicksal anzugehen, aber sie drängten
sich mit einem bebenden Eifer aneinander, als hätten sie
das unbestimmte Gefühl, nur so könnten sie ihre Bedeu=
tung bewahren, und ich spürte, daß es nur noch eine kleine
Zeit brauchte, bis das Ende kam und sie, dem Zufall aus=
geliefert, in häßlichem Durcheinander, mit kleinen, aufge=
klebten Nummern versehen, in der öden Kälte eines Auk=
tionssaales liegen würden.

XXIX

Arabeske

Dort im Dunst, riesig majestätisch, schweigend und schreck=
lich, stand die Chinesische Mauer. Einsam, mit der Gleich=
gültigkeit der Natur selbst, kroch sie den Berg hinan und
glitt hinunter in die Tiefe des Tals. Drohend standen die
grimmigen Türme, starr und viereckig, in gebührendem
Abstand auf Wache. Unbarmherzig, denn sie wurde er=
baut um den Preis von einer Million Leben, und jeder die=
ser großen grauen Steine wurde gefärbt von den blutigen
Tränen der Gefangenen und Verbannten, kämpfte sie sich

vorwärts durch ein Meer von rauhen Bergen. Furchtlos ging sie auf ihre nie endende Reise, Meile auf Meile, zu den entferntesten Regionen Asiens, in gänzlicher Einsamkeit, geheimnisvoll wie das große Reich, das sie bewachte. Dort im Dunst, riesig, majestätisch, schweigend und schrecklich stand die Chinesische Mauer.

XXX

Der Konsul

Mr. Pete befand sich im Zustand der lebhaftesten Erbitterung. Seit mehr als zwanzig Jahren war er nun im Konsulatsdienst gewesen, und er hatte mit allen möglichen verdrießlichen Leuten zu tun gehabt, mit Beamten, die nicht auf die Vernunft hören wollten, Händlern, die die britische Regierung für eine Agentur hielten, die Schulden beitrieb, Missionaren, die jeden Versuch, gerecht zu sein, als große Ungerechtigkeit übelnahmen. Aber er erinnerte sich keines Falles, der ihn so sehr in Verlegenheit gebracht hätte. Er war ein sanftmütiger Mensch, aber grundlos war er über seinen Schreiber in Zorn geraten, und beinahe hätte er den eurasischen Sekretär entlassen, weil er zwei Worte in einem Brief falsch geschrieben hatte, der jetzt zur amtlichen Unterschrift vor ihm lag. Er war ein gewissenhafter Mensch, und er konnte sich nicht dazu überreden, bevor es vier Uhr schlug, sein Büro zu verlassen, aber im Augenblick, wo die Uhr schlug, sprang er auf und rief nach Hut und Stock. Und weil sein Boy das Gewünschte nicht sofort brachte, be=

schimpfte er ihn gründlich. Man sagt, daß die Konsuln alle ein wenig sonderbar werden; und die Kaufleute, die es fertigbringen, fünfunddreißig Jahre in China zu leben, ohne genug von der Sprache zu lernen, um auf der Straße nach dem Weg fragen zu können, meinen, daß der Grund dafür darin liegt, daß sie Chinesisch lernen müssen; und es gab gar keinen Zweifel daran, daß Mr. Pete entschieden ein Sonderling war. Er war Junggeselle, und aus diesem Grund hatte man ihn auf eine Reihe von Posten geschickt, die wegen ihrer Isoliertheit als ungeeignet für verheiratete Männer galten. Er hatte so lange allein gelebt, daß seine angeborene Neigung zur Exzentrik sich zu einem ungewöhnlichen Grad entwickelt hatte, und er hatte Gewohnheiten angenommen, die den Fremden überraschten. Er war sehr zerstreut. Er achtete weder auf sein Haus, in dem es immer drunter und drüber ging, noch auf sein Essen; seine Boys gaben ihm das zu essen, was sie mochten, und hauten ihn bei allem übers Ohr. Er war unermüdlich in seinen Anstrengungen, den Opiumhandel zu unterdrücken, aber er war der einzige Mensch in der Stadt, der nicht wußte, daß seine Diener Opium sogar im Konsulat hatten, und am Hinterausgang des Hauses blühte ganz offen ein schwunghafter Handel mit der Droge. Er war ein begeisterter Sammler, und das Haus, das ihm die Regierung zur Verfügung gestellt hatte, war mit den verschiedenen Dingen angefüllt, die er eins nach dem andern gesammelt hatte: Zinn, Kupfer und Holzschnitzereien; aber dies waren nur seine legitimeren Unternehmungen; er sammelte außerdem auch noch Briefmarken, Vogeleier, Hoteletiketten und Poststempel: Er rühmte sich, eine Sammlung von Poststempeln zu besitzen, die im ganzen Empire nicht ihresgleichen hatte. Während seiner langen Aufenthalte an einsamen Orten hatte er eine ganze Menge zusammengelesen, und obgleich er kein Sino=loge war, besaß er ein größeres Wissen um China, seine Ge=schichte, seine Literatur und sein Volk als die meisten seiner Kollegen. Aber aus seiner großen Belesenheit hatte er nicht etwa Toleranz, sondern Einbildung gewonnen. Er war ein Mann von eigentümlichem Aussehen. Sein Körper war klein und zerbrechlich, und wenn er ging, kam einem der Ge=danke an ein welkes Blatt, das im Winde tanzt; und dann lag etwas ungemein Seltsames in dem kleinen Tirolerhut, der sehr alt und abgetragen war, eine Hahnenfeder hatte, und den er schief auf der einen Seite seines großen Schädels trug. Er war überaus kahl. Man sah, daß seine blaßblauen Augen hinter den Brillengläsern schwach waren, und ein herabhängender, struppiger schmutzigbrauner Schnurrbart verbarg nicht die Griesgrämigkeit seines Mundes. Und jetzt, wie er aus der Straße kam, in der das Konsulat lag, machte er sich auf den Weg zur Stadtmauer, denn nur hier war es in der überfüllten Stadt möglich, bequem zu gehen.

Er war ein Mann, der seine Arbeit ernst nahm, er quälte sich über jede Kleinigkeit zu Tode, aber für gewöhnlich be=sänftigte und beruhigte ihn dann ein Spaziergang auf der Stadtmauer. Die Stadt lag mitten in einer großen Ebene, und oft konnte man bei Sonnenuntergang von der Mauer aus die Schneekappen der Berge sehen, der Berge von Tibet; jetzt aber ging er schnell, sah weder rechts noch links, und sein fetter Spaniel sprang unbeachtet um ihn herum. Mit leiser, eintöniger Stimme sprach er zu sich selbst. Der Grund für seine Gereiztheit war ein Besuch, den er an diesem Tag von einer Dame erhalten hatte, die sich Mrs. Yü nannte und die er mit konsularischem Eifer für Präzision Miß

Lambert zu nennen beharrte. Dies allein genügte, um ihren Verkehr miteinander jeglicher Annehmlichkeit zu berauben. Sie war Engländerin und mit einem Chinesen verheiratet. Vor zwei Jahren war sie mit ihrem Mann aus England gekommen, wo er auf der Londoner Universität studiert hatte; er hatte ihr weisgemacht, daß er in seinem eigenen Land eine bedeutende Persönlichkeit sei, und sie hatte sich eingebildet, in einen prachtvollen Palast zu kommen und außerdem zu einer einflußreichen Stellung. Es war eine herbe Überraschung, als sie sich in ein verfallenes Chine= senhaus gebracht sah, das von Menschen nur so wimmelte; ja, es gab da nicht einmal ein ausländisches Bett, weder Messer noch Gabel; alles kam ihr sehr schmutzig und stinkend vor. Und es war ein Schock, als sie herausbekam, daß sie mit dem Vater und der Mutter ihres Ehegesponses leben mußte, und dieser ihr sagte, daß sie genau das zu tun habe, was seine Mutter von ihr verlange; aber bei ihrer völligen Unkenntnis des Chinesischen dauerte es zwei oder drei Tage, die sie in diesem Haus verbrachte, bis sie bemerkte, daß sie nicht die einzige Frau ihres Mannes war. Er war schon als Junge verheiratet worden, bevor er seine Geburtsstadt verlassen hatte, um das Wissen der Barbaren zu erwerben. Und als sie ihm jetzt bittere Vorwürfe machte, daß er sie getäuscht habe, zuckte er nur die Schul= tern. Es gab nichts, was einen Chinesen hindern konnte, zwei Frauen zu haben, wenn er sie wollte, und, so fügte er mit einiger Geringschätzung der Wahrheit hinzu, keine chinesische Frau sah das als Beschwernis an. Es war bei dieser Entdeckung, daß sie ihren ersten Besuch beim Kon= sul gemacht hatte. Er hatte schon von ihrer Ankunft ge= hört — in China weiß jeder jedes von jedem —, und er empfing sie, ohne überrascht zu sein. Aber er konnte ihr auch nicht viel Sympathie entgegenbringen. Daß eine Aus= länderin einen Chinesen heiraten sollte, erfüllte ihn schon mit Unwillen, aber daß sie es auch noch tun sollte, ohne die nötigen Nachforschungen anzustellen, verletzte ihn wie ein persönlicher Affront. Dabei war sie gar nicht die Art Frau, bei deren Erscheinung man sich vorstellen kann, daß sie sich einer solchen Dummheit schuldig machen würde. Sie war eine solide, dickliche, junge Person, kurz, einfach und nüchtern. Sie war billig gekleidet, trug ein geschnei= dertes Kostüm und eine Wollmütze. Sie hatte schlechte Zähne und eine unreine Haut. Sie hatte große, rote und ungepflegte Hände. Man konnte sehen, daß ihr schwere Arbeit nicht fremd war. Sie sprach Englisch mit einem Cockneywimmern.

„Wie haben Sie Herrn Yü kennengelernt?" fragte der Konsul kühl. „Ja, passen Sie auf, so war's", antwortete sie. „Paps war in einer sehr guten Stellung, und als er starb, sagte Mutter: ‚Nun, es scheint mir eine sündhafte Verschwendung, all die Zimmer leerstehen zu lassen, ich will ein Kärtchen ins Fenster stellen.'"

Der Konsul unterbrach sie.

„Er hatte ein möbliertes Zimmer bei Ihnen?"

„Na ja, das waren gerade keine möblierten Zimmer, wenn man's genau nimmt."

„Wollen wir dann Apartments sagen?" erwiderte der Kon= sul mit seinem dünnen und ein wenig leeren Lächeln.

Das war im allgemeinen die Erklärung für diese Eheschlie= ßungen. Und weil er sie für eine sehr alberne und vulgäre Frau hielt, erklärte er ihr kurz und bündig, daß sie nach englischem Gesetz nicht mit Yü verheiratet sei, und das

beste, was sie tun könne, sei, sofort nach England zurück=
zukehren. Sie begann zu weinen, und sein Herz erweichte
sich ein wenig ihr gegenüber. Er versprach, sie der Obhut
einiger Missionsdamen anzuvertrauen, die sich auf der lan=
gen Reise um sie kümmern würden, und in der Tat, wenn
sie es so wollte, würde er sehen, ob sie mittlerweile nicht
in einer der Missionen wohnen könnte. Aber während er
sprach, trocknete Miß Lambert ihre Tränen.
„Wozu soll's denn gut sein, nach England zurückzufahren?"
sagte sie schließlich. „Ich hab' doch nirgends was, wo ich
hinkönnte."
„Sie können zu Ihrer Mutter gehen."
„Aber die war doch immer ganz gegen meine Hochzeit mit
Mr. Yü. Da würd' ich doch niemals das Ende zu hören
kriegen, wenn ich jetzt da zurück muß."
Der Konsul versuchte sie zu überzeugen, aber je mehr Ein=
wendungen er machte, um so entschlossener wurde sie, und
schließlich verlor er die Geduld.
„Wenn Sie hierbleiben wollen bei einem Mann, der gar
nicht Ihr Mann ist, so ist das Ihr eigener Wille, und ich
wasche meine Hände in Unschuld."
Und ihre Erwiderung hatte ihn oft gewurmt.
„Dann haben Sie doch gar keinen Grund, sich zu ärgern",
sagte sie, und der Ausdruck ihres Gesichts kehrte zurück
zu ihm, wann immer er an sie dachte.
Das war vor zwei Jahren, und er hatte sie seitdem ein= oder
zweimal gesehen. Es schien, daß sie mit beiden, ihrer
Schwiegermutter und der anderen Frau ihres Mannes, sehr
schlecht zurechtkam, und sie war zum Konsul gekommen
mit albernen Fragen über ihre Rechte nach dem chinesischen
Gesetz. Er wiederholte sein Angebot, sie wegzubringen,

aber sie blieb standhaft bei ihrer Weigerung, und ihre Unterredung endete immer damit, daß der Konsul wütend wurde. Er war beinahe geneigt, den schuftigen Yü zu bedauern, der zwischen drei händelsüchtigen Weibern den Frieden erhalten mußte. Nach den Berichten seiner englischen Frau war er nicht unfreundlich zu ihr. Er versuchte, beide Frauen gerecht zu behandeln. Miß Lambert wurde nicht gewinnender. Der Konsul wußte, daß sie gewöhnlich chinesische Kleider trug, aber wenn sie ihn besuchen kam, legte sie europäischen Dreß an. Sie war ungemein fett geworden. Ihre Gesundheit litt unter den chinesischen Speisen, die sie aß, und sie begann elend und krank auszusehen. Aber wirklich war er heute schockiert, als sie in sein Büro geführt worden war. Sie hatte keinen Hut auf, und ihr Haar war aufgelöst. Sie war in einer höchst hysterischen Verfassung.

„Die versuchen mich zu vergiften", kreischte sie und stellte ihm eine Schüssel mit einem faulig riechenden Essen vor die Nase. „Ist vergiftet", sagte sie. „Ich bin krank gewesen, die ganzen letzten zehn Tage, das ist ein Wunder, das ich davongekommen bin." Sie erzählte ihm eine lange Geschichte, sie war umständlich und wahrscheinlich genug, um ihn zu überzeugen: Schließlich lag nichts näher, als daß die chinesischen Frauen die gebräuchlichen Methoden anwandten, um einen Eindringling loszuwerden, den sie haßten.

„Wissen sie, daß Sie hierhergekommen sind?"

„Natürlich wissen die's; hab' ihnen gesagt, daß ich auf dem Weg bin, sie anzuzeigen."

Jetzt endlich war der Augenblick für entschlossenes Handeln. Der Konsul blickte sie in seiner allerdienstlichsten Art an.

„Nun, jetzt dürfen Sie nie mehr dorthin zurückgehen. Ich

lehne es ab, mich noch länger mit Ihrem Unsinn zu be=
schäftigen. Ich bestehe darauf, daß Sie diesen Mann ver=
lassen, der nicht Ihr Mann ist."
Aber er war hilflos gegen die verrückte Halsstarrigkeit der
Frau. Er wiederholte all die Argumente, die er so oft ge=
braucht hatte, aber sie wollte nicht hören. Und dann verlor
er, wie üblich, die Geduld. Da, als Antwort auf seine letz=
te, verzweifelte Frage hatte sie die Bemerkung gemacht, die
ihm endgültig seine Ruhe geraubt hatte.
„Aber was auf dieser Erde läßt Sie denn bei diesem Mann
bleiben?" schrie er.
Einen Augenblick zögerte sie, und ihre Augen bekamen
einen seltsamen Ausdruck.
„Da ist etwas in der Art, wie sein Haar auf seiner Stirn
wächst, das ich einfach lieben muß", antwortete sie.
Niemals hatte der Konsul etwas so Skandalöses gehört. Das
gab ihm buchstäblich den Rest. Und jetzt, wie er so seines
Weges ging und versuchte, sich den Ärger von der Seele zu
laufen, konnte er wirklich nicht an sich halten, obgleich er
kein Mann war, der oft eine gemeine Sprache gebrauchte,
und er sagte grimmig: „Verdammte Weiber."

XXXI

Der junge Bursche

Er ging den Damm entlang mit leichten, zuversichtlichen
Schritten. Er war siebzehn, groß und schlank, mit einer
glatten und gelben Haut, die noch keine Rasur kannte.
Seine Augen, nur wenig schräg, waren groß und offen, und

seine vollen roten Lippen zitterten unter einem Lächeln. In seinem Gebaren lag die glückliche Kühnheit der Jugend. Seine kleine runde Kappe saß munter auf seinem Kopf, sein schwarzes Gewand war um die Hüften gegürtet, seine Hosen, in der Regel an den Knöcheln zusammengebunden, waren bis zu den Knien hochgerollt. An den bloßen Füßen trug er nur dünne Strohsandalen, und seine Füße waren klein und wohlgestaltet. Seit dem frühen Morgen war er über den gepflasterten Damm gegangen, der seinen gewundenen Pfad die Berge hinauf und hinunter in die Täler mit ihren zahllosen Reisfeldern schlängelte, über Friedhöfe mit ihren dichtgedrängten Toten, durch geschäftige Dörfer, wo seine Augen vielleicht einen Augenblick anerkennend auf einem hübschen Mädchen in seiner blauen Bluse und den kurzen Hosen ruhen mochte, wenn sie in einem offenen Eingang saß (aber ich glaube, sein Blick forderte eher Bewunderung, als er sie aussprach); und jetzt näherte er sich dem Ende seiner Reise und der Stadt, nach der er ausgezogen war, sein Glück zu suchen. Sie lag mitten in einer fruchtbaren Ebene, umgeben von einem zinnenbesetzten Wall, und als er ihrer ansichtig wurde, ging er entschlossen auf sie zu. Keck warf er seinen Kopf in den Nacken. Er war stolz auf seine Stärke. All seine weltlichen Güter waren in ein Stück blauer Baumwolle gepackt, das er über der Schulter trug.

Nun, Dick Whittington hatte als Begleiter eine Katze, als er sich aufmachte, Ruhm und Glück zu gewinnen, aber der Chinese trug einen runden Käfig mit roten Stäben, den er mit besonderer Anmut zwischen Finger und Daumen hielt, und in dem Käfig saß ein wunderschöner grüner Papagei.

XXXII

Die Fannings

Sie lebten in einem schönen, viereckigen Haus mit einer Veranda, die ganz herumging, oben auf einem flachen Hügel, der auf den Fluß sah, und unter ihnen, ein wenig nach rechts, lag ein anderes schönes viereckiges Haus, das die Zollstation war. Und zu diesem Haus ging Fanning jeden Tag, denn er war Zollvorsteher. Die Stadt lag fünf Meilen entfernt, und am Flußufer gab es nur ein kleines Dorf, das zu dem Zweck entstanden war, die Besatzungen der Dschunken mit dem, was sie an Gerät oder Lebensmitteln brauchten, zu versorgen. In der Stadt gab es ein paar Missionare, aber die sahen sie selten, und die einzigen Ausländer im Dorf, außer ihnen selbst, waren die Zollbeamten. Von denen war einer einmal ein tüchtiger Seemann gewesen, der andere war Italiener; beide hatten chinesische Frauen. Die Fannings luden sie zu Weihnachten und am Geburtstag des Königs zum Frühstück ein, aber im übrigen war ihr Verhältnis zu ihnen rein dienstlich. Die Dampfer hielten nur eine halbe Stunde, und so sahen sie niemals die Kapitäne oder die Chefingenieure, die die einzigen Weißen auf den Schiffen waren. Und fünf Monate im Jahr war der Wasserstand für Dampfer zu niedrig. Und es war seltsam genug, daß sie dann die meisten Ausländer sahen, denn es kam zuweilen vor, daß ein Reisender, ein Händler oder Konsulatsbeamter vielleicht, meist aber ein

Missionar, auf einer Dschunke den Fluß hinauffuhr, die hier für die Nacht anlegte, und dann ging der Zollvorsteher hinunter zum Fluß und lud den Mann zum Essen. Sie lebten sehr viel allein.

Fanning war außerordentlich kahl, ein gedrungener, kräftiger Mann, mit einer Stumpfnase und einem tiefschwarzen Schnurrbart. Er war ein pedantischer Vorgesetzter, streitlustig, brüsk, von einschüchternder Art; niemals sprach er mit einem Chinesen, ohne die Stimme zu einem schnarrenden, befehlenden Ton zu erheben. Obgleich er fließend Chinesisch sprach, beschimpfte er seine Boys, wenn einer von ihnen etwas tat, was sein Mißfallen erregte, ausgiebig auf englisch. Er machte einen unangenehmen Eindruck auf einen, bis man dann entdeckte, daß seine Streitlust nur eine Rüstung war, die er anlegte, um seine peinliche Schüchternheit zu verbergen. Es war ein Triumph seines Willens über seine Veranlagung. Seine Schroffheit war der fast lächerliche Versuch, alle, mit denen er in Berührung kam, davon zu überzeugen, daß er keine Angst vor ihnen hatte. Man spürte, daß niemand mehr überrascht war als er selbst, weil man ihn ernst nahm. Er war wie eine dieser kleinen Scherzfiguren, die Kinder wie Ballons aufblasen, und es kam einem die Idee, daß er in beständiger Furcht lebte, zu platzen, und daß dann jedermann sehen würde, daß er nichts war als eine Luftblase. Es war seine Frau, die immer darauf bedacht war, ihn davon zu überzeugen, daß er ein Mann von Eisen sei, und wenn die Explosion vorüber war, pflegte sie zu sagen: „Du weißt, daß du mich erschreckst, wenn du so in Wut gerätst", oder auch: „Ich glaube, ich spreche besser mit dem Boy, er ist ganz erschüttert von dem, was du gesagt hast."

Dann blähte Fanning sich auf und lächelte nachsichtig. Und wenn ein Besucher kam, sagte sie:
„Die Chinesen haben Angst vor meinem Mann, aber natür= lich respektieren sie ihn. Sie wissen genau, daß es nicht gut ist, ihm mit ihren Albernheiten zu kommen."
„Nun, ich muß ja wohl wissen, wie man sie behandelt", pflegte Fanning dann mit gerunzelten Brauen zu antworten, „ich bin über zwanzig Jahre im Lande."
Mrs. Fanning war eine kleine schlichte Frau, mit Runzeln wie ein Holzäpfelchen, mit einer großen Nase und schlech= ten Zähnen. Sie war immer sehr unordentlich, ihr Haar, das ein wenig angraute, war dauernd dabei, sich aufzulösen. Hin und wieder, mitten in der Unterhaltung, nahm sie zer= streut eine oder zwei Nadeln heraus, schüttelte es ein wenig auf und befestigte unsicher die wenigen dünnen Strähnen, ohne sich dabei die Mühe zu machen, in einen Spiegel zu sehen. Sie hatte eine Vorliebe für leuchtende Farben und trug phantastische Kleider, die sie mit der Nähmamsell nach den Modeheften schneiderte. Aber wenn sie sich anzog, konnte sie niemals etwas finden, das zu etwas anderem paßte, und sie sah aus wie eine Frau, die bei einem Schiff= bruch gerettet worden und mit allen Resten bekleidet wor= den war, die sich finden ließen. Sie war eine Karikatur, und man mußte lächeln, wenn man sie ansah. Der einzige Reiz, den sie besaß, war ihre sanfte und äußerst musikalische Stimme, und sie sprach mit einer kleinen Dehnung der Worte, die aus ich weiß nicht welcher Gegend Englands kam. Die Fannings hatten zwei Söhne, einer neun, der an= dere sieben, und sie vervollständigten den einsamen Haus= halt. Es waren reizende Kinder, herzlich und zutraulich, und es war lustig, zu sehen, wie einig die Familie war. Sie trie=

ben ihre kleinen Scherze miteinander, die ihnen riesigen Spaß machten, und sie spielten einander Streiche, als sei keines von ihnen älter als zehn. Und obgleich sie so viel zusammen waren, sah es wirklich aus, als könnten sie es nicht ertragen, einander nicht zu sehn, und jeden Tag, wenn Fanning in sein Büro ging, wollten ihn seine Jungen kaum gehen lassen, und jeden Tag, wenn er zurückkam, begrüßten sie ihn mit überströmender Freude. Sie hatten keine Angst vor seinem barschen Toben.

Und dann entdeckte man alsbald, daß das Zentrum dieser Einigkeit diese kleine, groteske, häßliche Frau war. Es war kein Glücksfall, der die Familie so einig machte, auch nicht eine besondere harmonische Veranlagung, sondern eine lei= denschaftliche Liebe, die in dieser Frau war. Von dem Augenblick an, da sie morgens aufstand, bis zu der Stunde, wo sie zu Bett ging, waren ihre Gedanken mit dem Wohl= ergehen der drei männlichen Wesen beschäftigt, die ihrer Obhut anvertraut waren. Und immer war ihr ruheloser Geist mit Plänen für ihr Glück beschäftigt. Ich glaube nicht, daß jemals ein Gedanke an sich selbst in ihren unordent= lichen Kopf gekommen war. Sie war ein Wunder der Selbst= losigkeit. Es war wirklich kaum noch menschlich. Niemals hatte sie für irgendeinen ein hartes Wort. Sie war sehr gastfreundlich, und sie war es, die ihren Mann veranlaßte, hinunter zu den Hausbooten zu gehen und Reisende zum Essen einzuladen. Aber ich glaube nicht, daß sie sie um ihretwillen wollte. Sie war ganz glücklich in ihrer Einsam= keit, aber sie glaubte, ihrem Mann würde ein Schwatz mit Fremden Freude machen.

„Ich möchte nicht, daß er sich festfährt", sagte sie. „Mein armer Mann, er vermißt sein Billard und sein Bridge. Es ist sehr hart für einen Mann, niemand zu haben, mit dem er sprechen kann, als eine Frau."

Jeden Abend, wenn die Kinder ins Bett gebracht waren, spielten sie Piquet. Sie hatte keinen Kopf für Karten, der arme Liebling, und sie machte immer Fehler, aber wenn ihr Mann sie rügte, sagte sie:

„Du kannst nicht erwarten, daß jeder so klug ist wie du."

Und weil sie so offensichtlich meinte, was sie sagte, brachte er es nicht übers Herz, sich über sie zu ärgern. Und dann, wenn der Zollvorsteher es müde war, sie immerzu zu schla= gen, dann stellten sie das Grammophon an und lauschten Seite an Seite schweigend den letzten Schlagern der musi= kalischen Komödien aus London. Man mag die Nase rümp= fen. Sie lebten zehntausend Meilen von England entfernt, und es war ihre einzige Verbindung mit der Heimat, die sie liebten: Sie fühlten sich dann nicht so gänzlich von der Zivilisation abgeschnitten. Und bald sprachen sie dann da= von, was mit den Kindern werden sollte, wenn sie heran= wuchsen; bald würde es Zeit sein, sie nach Hause auf die Schule zu schicken, und vielleicht ging ein Stich durch das zarte Herz der kleinen Frau.

„Es wird hart für dich sein, Bertie, wenn sie gehen", sagte sie. „Aber vielleicht werden wir dann an irgendeinen Ort versetzt, wo ein Club ist, und dann kannst du abends Bridge spielen gehen."

XXXIII

Das Lied des Flusses

Du hörst es überall am Fluß. Du hörst es, laut und kraft=
voll, von den Ruderern, wenn sie die Dschunke mit ihrem
hohen Heck, dem längsseit festgebundenen Mast den
schnellströmenden Fluß hinuntertreiben. Du hörst es von
den Schleppern, ein atemloseres Lied dann, wenn sie sich
verzweifelt gegen die Strömung stemmen, vielleicht ein
halbes Dutzend, wenn sie ein Wupan stromaufwärts ziehen,
zweimal hundert, wenn sie eine prächtige Dschunke, die
das viereckige Segel gesetzt hat, über eine Stromschnelle
hinwegschleppen. Mittschiffs auf der Dschunke steht ein
Mann, und ohne Unterlaß schlägt er eine Trommel und
treibt sie zu neuer Anstrengung, und sie ziehen mit all ihrer
Kraft, besessen, gekrümmt; und manchmal kriechen sie auf
dem Boden, auf allen vieren, in äußerster Anstrengung, und
dann gleichen sie den Tieren auf dem Feld. Sie ziehen,
ziehen verbissen gegen die erbarmungslose Gewalt der Strö=
mung. Der Aufseher geht die Reihe entlang auf und ab,
und wenn er einen sieht, der nicht sein ganzes Wollen in
die Aufgabe setzt, läßt er seinen gespaltenen Bambus auf
den nackten Rücken niedersausen. Denn jeder muß sein
Äußerstes geben, oder die Mühe aller ist umsonst. Und
dennoch singen sie ein hitziges, ungestümes Lied, das Lied
der reißenden Wasser. Ich weiß nicht, wie Worte die An=
strengung beschreiben können, die es enthält. Es drückt

das gequälte Herz aus, die berstenden Muskeln, aber auch zur gleichen Zeit den unbezähmbaren Geist des Menschen, der die mitleidlose Kraft der Natur überwindet. Wenn auch das Seil reißen mag und die große Dschunke zurückgleiten, am Ende wird die Stromschnelle überwunden sein; und am Ende des ermüdenden Tags wartet das herzhafte Mahl und vielleicht die Opiumpfeife mit ihren Träumen, in denen es keine Mühsal gibt. Aber das quälendste Lied ist der Gesang der Kulis, die die großen Ballen von der Dschunke über die steilen Treppen zur Stadtmauer bringen. Hinauf und hinunter gehn sie, ohne Ende, und ohne Ende wie ihre Qual erhebt sich ihr rhythmischer Schrei. „Hii — aah, aah — ooh." Sie gehen barfuß und nackt bis zum Gürtel. Der Schweiß strömt über ihre Gesichter, und ihr Lied ist ein Stöhnen der Pein. Es ist ein Seufzen voller Verzweiflung. Und es zerreißt das Herz. Es ist kaum noch menschlich. Es ist der Schrei der Seelen in grenzenloser Not, nur eben noch Gesang, und dieser letzte Ton ist das letzte Aufschluchzen der Menschheit. Das Leben ist zu hart, zu grausam, und dies ist die letzte verzweifelte Auflehnung. Das ist das Lied des Flusses.

XXXIV

Fata Morgana

Ein großer Mann mit vorspringenden, himmelblauen Augen und einer verlegenen Art. Er sieht aus, als sei er ein bißchen zu groß für seine Haut geraten, und man spürt, daß er sich behaglicher fühlen würde, wenn sie eine Kleinigkeit weiter wäre. Sein Haar, sehr weich und gekräuselt, paßt so knapp auf seinen Kopf, daß es den Eindruck einer Perücke macht, und man hat die unwiderstehliche Neigung, daran zu ziehen. Er versteht nicht zu plaudern. Er ist immer auf der Jagd nach Anlässen für ein Gespräch, und während er sich vergeblich den Kopf darüber zerbricht, bietet er einem in seiner Verzweiflung Whisky und Soda an.

Er steht im Dienst der B.A.T., und das Haus, in dem er lebt, ist zugleich Büro, Warenhaus und Wohnung. Sein Wohnzimmer ist mit einer Garnitur von schmutzigbraunen Polstermöbeln eingerichtet, die säuberlich längs der Wände stehen, und in der Mitte des Zimmers steht ein runder Tisch. Eine an der Decke hängende Petroleumlampe gibt ein melancholisches Licht, und ein Ölofen verbreitet Hitze. An geeigneten Stellen hängen gar prächtig gerahmte Öldrucke aus den Weihnachtsnummern amerikanischer Magazine. Aber er hält sich nicht auf in diesem Zimmer. Seine freie Zeit verbringt er im Schlafzimmer. In Amerika hat er immer in einer Pension gewohnt, wo das Schlafzimmer die einzige Zurückgezogenheit war, die er kannte, und so hat er eben die Ge=

wohnheit angenommen, in einem Schlafzimmer zu leben. Es scheint ihm unnatürlich, im Wohnzimmer zu sitzen. Er liebt es nicht, seinen Rock auszuziehen, und er fühlt sich nur in Hemdsärmeln zu Hause. Er bewahrt seine Bücher und privaten Papiere im Schlafzimmer auf; dort stehn ein Schreibtisch und ein Schaukelstuhl. Er lebt seit fünf Jahren in China, aber er spricht nicht Chi= nesisch und interessiert sich auch nicht für die Rasse, unter der er aller Wahrscheinlichkeit nach die besten Jahre seines Lebens verbringen wird. Seine Geschäfte werden durch einen Dolmetscher getätigt, und sein Haus wird von einem Boy verwaltet. Bisweilen unternimmt er eine Reise von einigen hundert Meilen in die Mongolei, ein wildes und rauhes Land, und er benutzt entweder einen chinesischen Karren oder Ponys. Er schläft in den Herbergen, die am Weg liegen, in denen sich Kaufleute, Viehtreiber, Hirten, Sol= daten, Raufbolde und wilde Burschen zusammenfinden. Die Leute im Lande sind ungestüm, und wenn eine Unruhe ist, so setzt er sich einer nicht geringen Gefahr aus. Aber dies sind rein geschäftliche Unternehmungen. Sie langweilen ihn. Er ist immer froh, zu seinem vertrauten Schlafzimmer in der B.A.T. zurückzukehren. Denn er ist ein großer Leser. Er liest nichts anderes als amerikanische Magazine, und die Menge, die er davon mit jeder Post bekommt, ist verblüf= fend. Er wirft sie niemals weg, und überall im Haus gibt es ganze Stöße davon. Die Stadt, in der er lebt, ist das Tor der Mongolei nach China. Dort wimmelt es von Chinesen, und durch die Stadttore kommen ununterbrochen die Mon= golen mit ihren Kamelkarawanen; endlose Prozessionen von Karren, von Ochsen gezogen, die Felle aus den grenzenlosen Weiten Asiens gebracht haben, rattern geräuschvoll durch

das Gedränge der Straßen. Er langweilt sich. Es ist ihm nie=
mals aufgefallen, daß er ein Leben lebt, bei dem die Mög=
lichkeit zum Abenteuer unmittelbar vor seiner Tür liegt.
Es kann es nur durch gedruckte Seiten erkennen; und es
braucht eine Geschichte voller Verwegenheit aus Texas oder
Nevada, oder von einem Entkommen um Haaresbreite in
der Südsee, um sein Blut in Wallung zu bringen.

XXXV

Der Fremde

Es war eine Wohltat, bei dieser feuchten Hitze aus der Stadt
zu kommen. Der Missionar verließ die Barkasse, in der er
gemächlich den Fluß hinuntergefahren war, und machte es
sich in der Sänfte bequem, die am Ufer auf ihn wartete.
Er wurde durch das Dorf am Fluß getragen, und dann be=
gann der Aufstieg. Es war eine Stundenreise auf einem
Fußpfad aus breiten Steinstufen, unter Fichten hindurch,
und bisweilen erhaschte man einen entzückenden Blick auf
den breiten Fluß, der inmitten des fröhlichen Grüns der
Reisfelder in der Sonne glänzte. Die Träger gingen mit
einem schwingenden Schritt. Der Schweiß auf ihren Rücken
glänzte. Es war ein heiliger Berg mit einem Buddhisten=
kloster auf dem Gipfel, und am Aufstieg lagen Rasthäuser,
bei denen die Kulis die Sänfte für ein paar Minuten ab=
setzten und ein Mönch in grauer Robe eine Tasse blumigen
Tees reichte. Die Luft war frisch und süß. Das Vergnügen
dieser geruhsamen Reise — das Schwingen der Sänfte war
sehr beruhigend — machte einen Tag in der Stadt beinahe

lohnend; und am Ende der Reise stand sein netter kleiner Bungalow, in dem er den Sommer verbrachte, und vor ihm lag die süßduftende Nacht. Die Post war heute gekommen, und er hatte Briefe und Zeitungen dabei. Da waren vier Nummern der *Saturday Evening Post* und vier des *Literary Digest*. Er hatte nur Angenehmes vor sich, und der gewohnte Friede (ein Friede, wie er häufig sagte, der über alles Begreifen geht), der ihn erfüllte, wann immer er unter diesen grünen Bäumen war, weg von der wimmelnden Stadt, hätte sich schon lange auf ihn senken müssen.
Aber er war unruhig. Er hatte an diesem Tag eine unglückliche Begegnung gehabt, und es gelang ihm nicht, alltäglich wie sie war, sie sich aus dem Kopf zu schlagen. Aus diesem Grunde hatte sein Gesicht einen etwas mürrischen Ausdruck. Es war ein schmales und sensitives Gesicht, beinahe asketisch, mit regelmäßigen Zügen und klugen Augen. Er war sehr lang und dünn, er hatte die Spindelbeine eines Grashüpfers, und wie er so in seiner Sänfte saß, leise schaukelnd in der Bewegung der Träger, erinnerte er einen auf eine etwas groteske Art an eine verwelkte Lilie. Ein sanftmütiges Wesen. Er konnte keiner Fliege etwas zuleide tun.
Er war Doktor Saunders in einer der Straßen der Stadt begegnet. Doktor Saunders war ein kleiner grauhaariger Mann, mit gesunder Gesichtsfarbe und einer Stumpfnase, die ihm ein seltsam unverschämtes Aussehen gab. Er hatte einen großen, sinnlichen Mund, und wenn er lachte, was er sehr oft tat, zeigte er kariöse und verfärbte Zähne; wenn er lachte, fältelten sich seine Augen auf eine kuriose Art, und er bot dann ein getreues Abbild der Boshaftigkeit. Er hatte etwas von einem Faun. Seine Bewegungen waren

schnell und unerwartet. Er ging mit schnellen Schritten, als sei er immer in Eile. Er war ein Arzt, der im Herzen der Stadt, mitten unter den Chinesen lebte. Er stand nicht im Ärzteregister, aber jemand hatte sich die Mühe gemacht, herauszufinden, daß er rechtmäßig approbiert hatte; er war ausgeschlossen worden, doch für welches Delikt, ob es ein soziales oder ein rein berufliches war, das wußte niemand, auch nicht, wie es sich zugetragen hatte, daß er in den Osten gekommen und sich schließlich an der chinesischen Küste niedergelassen hatte. Aber es war augenscheinlich, daß er ein sehr geschickter Arzt war, und die Chinesen hatten gro= ßes Vertrauen zu ihm. Er mied die Ausländer, und es waren ziemlich üble Geschichten über ihn im Umlauf. Jeder kannte ihn genug, um wie geht es zu fragen, aber niemand lud ihn ein oder suchte ihn auf.

Als sie sich an diesem Nachmittag begegnet waren, hatte Doktor Saunders ausgerufen:

„Was auf der Welt hat Sie um diese Jahreszeit in die Stadt geführt?"

„Ich habe etwas zu erledigen, das ich nicht länger auf= schieben konnte", antwortete der Missionar, „und dann wollte ich die Post holen."

„Gestern war ein Fremder hier, der nach Ihnen fragte", sagte der Doktor.

„Nach mir?" rief der andere überrascht aus.

„Nun, nicht nach Ihnen persönlich", erklärte der Doktor. „Er wollte den Weg zur amerikanischen Mission wissen. Ich zeigte ihn ihm; aber ich sagte ihm auch, daß er dort nie= mand antreffen würde. Er schien ziemlich überrascht dar= über, und so erzählte ich ihm, daß Sie alle im Mai ins Ge= birge gingen und nicht vor September zurückkämen."

„Ein Ausländer?" fragte der Missionar, immer noch rätselnd, wer der Fremde gewesen sein könne.
„Ja, sicher." Die Augen des Doktors zwinkerten. „Dann fragte er mich nach den anderen Missionen. Ich erzählte ihm, daß die Londoner Mission hier eine Niederlassung hat, aber es hätte gar keinen Zweck, dorthin zu gehen, da alle Missionare in den Bergen seien. Letzten Endes ist es ja teuflisch heiß in der Stadt. ‚Dann würde ich gerne zu einer der Missionsschulen gehen', sagte der Fremde. ‚Die sind alle geschlossen', sagte ich. ‚Gut, dann werde ich zum Hospital gehen.' ‚Das lohnt einen Besuch', sagte ich, ‚das amerikanische Hospital ist mit den letzten Errungenschaften ausgestattet. Der Operationsraum ist vollkommen.' ‚Wie ist der Name des leitenden Arztes?' ‚Oh, er ist in den Bergen.' ‚Aber was wird aus den Kranken?' ‚Es gibt keine Kranken zwischen Mai und September', sagte ich, ‚und wenn, dann müssen sie sich mit den eingeborenen Apothekern behelfen.'"
Doktor Saunders machte eine Pause. Der Missionar sah leicht beunruhigt aus.
„Nun?" fragte er.
„Der Fremde sah mich einen Augenblick oder auch zwei unentschlossen an. ‚Ich wollte etwas von den Missionen sehen, bevor ich abreise', sagte er. ‚Vielleicht wollen Sie es mit den Römisch=Katholischen probieren', sagte ich, ‚die sind das ganze Jahr über hier.' ‚Wann nehmen sie dann ihre Ferien', fragte er. ‚Sie nehmen keine', sagte ich. Darauf verließ er mich. Ich denke, daß er zum spanischen Kloster ging."
Der Missionar tappte in die Falle, und es verwirrte ihn, wenn er daran dachte, wie er es ohne Arg getan hatte. Er hätte es kommen sehen müssen.

„Wer war dieser Jemand?" fragte er harmlos.
„Ich fragte ihn nach seinem Namen", antwortete der Doktor.
„,Ich bin Christus', hat er geantwortet."
Der Missionar zuckte die Schultern und befahl schroff seinem Rikschaboy, weiterzugehen.
Es hatte ihn gänzlich aus seinem Gleichgewicht gebracht. Es war so ungerecht. Natürlich gingen sie von Mai bis September weg. Die Hitze stellte jede sinnvolle Aktivität außer Frage, und es war eine Erfahrung, daß die Missionare sich weit besser Kraft und Gesundheit erhielten, wenn sie die heißen Monate in den Bergen verbrachten. Ein kranker Missionar war nur eine Last. Es war eine Sache der praktischen Politik, und man hatte herausgefunden, daß das Werk des Herrn weit wirkungsvoller getan wurde, wenn man einen bestimmten Teil des Jahres damit aussetzte, um sich auszuruhen und neue Kraft zu sammeln. Und dann war auch der Hinweis auf die Römisch=Katholischen eine ungeheure Ungerechtigkeit. Die waren unverheiratet. Die hatten keine Familie, an die sie denken mußten. Und die Sterblichkeit unter ihnen war erschreckend. Ja, allein in dieser Stadt waren von vierzehn Nonnen, die vor zehn Jahren nach China gekommen waren, alle bis auf drei gestorben. Für sie war es ganz leicht, denn es war ihrer Arbeit angemessener, mitten in der Stadt zu wohnen und auch das ganze Jahr über zu bleiben. Sie hatten keine Bindungen. Sie hatten keine Pflichten gegen die, die ihnen nahestanden und lieb waren. Oh, es war abscheulich ungerecht, die Römisch=Katholischen ins Spiel zu bringen.
Aber plötzlich fuhr wie ein Blitz ein Gedanke durch seinen Kopf. Was ihn am meisten wurmte, war, daß er den schurkischen Doktor (man brauchte ja nur in sein Gesicht zu

sehen, das ganz und gar von einer boshaften Freude ge=
runzelt war, um zu wissen, daß er ein Schurke war) wortlos
verlassen hatte. Es gab allerdings eine Antwort, aber er
hatte nicht die Geistesgegenwart besessen, sie zu geben, und
jetzt fiel ihm die einzig richtige Erwiderung ein. Wie eine
Glut erfüllte ihn die Befriedigung, und beinahe meinte er
jetzt, sie gegeben zu haben. Es war eine vernichtende Ent=
gegnung, und befriedigt rieb er seine sehr langen, dünnen
Hände. „Mein lieber Herr", das hätte er sagen müssen,
„Unser Herr Christus beanspruchte niemals in der ganzen
Zeit seines Wirkens für sich, Christus zu sein." Es war ein
Verweis, auf den es keine Antwort mehr gab, und während
er daran dachte, vergaß der Missionar seine schlechte Laune.

XXXVI

Demokratie

Es war eine kalte Nacht. Ich hatte mein Abendbrot beendet,
und mein Boy richtete mein Bett, während ich bei einer
Pfanne mit brennender Holzkohle saß. Der größte Teil der
Kulis hatte sich schon in dem Zimmer, das neben meinem
lag, für die Nacht niedergelassen, und durch die dünne
Holzwand, die uns trennte, hörte ich ein paar von ihnen
sprechen. Eine andere Gruppe Reisender war vor etwa einer
Stunde angekommen, und die kleine Herberge war besetzt.
Plötzlich gab es einen Aufruhr. Ich ging zur Tür meines
Zimmers, um hinauszusehen, und ich sah drei Sänften in
den Hof kommen. Sie wurden mir gegenüber abgesetzt,

und aus der ersten stieg ein stattlicher Chinese von im=
ponierendem Ansehen. Er trug ein langes schwarzes Ge=
wand aus bestickter Seide, besetzt mit Eichhörnchen, und
auf dem Kopf trug er eine viereckige Pelzkappe. Er schien
bestürzt, als er mich in der Tür des Hauptgastzimmers sah,
wandte sich zu dem Wirt und redete ihn in gebieterischem
Ton an. Er schien Beamter zu sein. Er war sehr verdrossen,
das beste Appartement in der Herberge schon besetzt zu
finden. Man sagte ihm, daß nur noch ein Raum verfügbar
sei. Es war ein kleines Zimmer mit von zerknittertem Stroh
bedeckten Strohsäcken längs der Wände, und es wurde ge=
wöhnlich nur von Kulis benutzt. Er geriet in heftigen Zorn,
und mit einemmal sprang eine Szene von größter Leb=
haftigkeit auf. Der Beamte, seine beiden Begleiter und seine
Träger eiferten gegen die Beleidigung, die man ihm antun
wollte, während der Wirt und die Diener des Gasthofs Ein=
wände machten, ernste Vorstellungen, und bettelten. Der
Beamte wetterte und drohte. Für einige Minuten hallte der
Hof, so ruhig zuvor, von ärgerlichem Geschrei; dann, so
schnell vergehend, wie er begonnen, hörte der Tumult auf,
und der Beamte ging in das freie Zimmer. Von einem
schmutzigen Diener wurde heißes Wasser gebracht, und als=
bald folgte der Wirt mit großen Schüsseln voll dampfendem
Reis. Alles war wieder ruhig.
Eine Stunde später ging ich in den Hof, um mir fünf Mi=
nuten die Beine zu vertreten, bevor ich ins Bett ging, und
zu meiner Überraschung stieß ich auf den dicken Beamten,
wie er, vor kurzem noch so prunkvoll und wichtigtuerisch,
an einem Tisch vor dem Gasthof mit dem schmutzigsten
meiner Kulis saß. Sie schwatzten freundlich miteinander,
und der Beamte rauchte ruhig seine Wasserpfeife. Er hatte

dieses ganze Theater nur aufgeführt, um sich Gesicht zu geben, aber nachdem er sein Ziel erreicht hatte, war er befriedigt, und weil er das Verlangen nach Unterhaltung fühlte, hatte er die Gesellschaft jedes beliebigen Kulis akzeptiert ohne einen Gedanken an den sozialen Unterschied. Seine Art war vollkommen herzlich, und es fand sich keine Spur Herablassung darin. Der Kuli sprach auf gleichem Fuß mit ihm. Mir schien, daß dies wahrhafte Demokratie war. Im Osten ist der Mensch dem Menschen gleich in einem Sinne, den man weder in Europa noch in Amerika findet. Stellung und Vermögen bringen den Menschen in ein Verhältnis der Überlegenheit zu einem anderen, das rein zufällig ist, und sie bilden kein Hindernis für Geselligkeit.

Als ich dann in meinem Bett lag, fragte ich mich, warum im despotischen Osten zwischen den Menschen eine so viel größere Gleichheit herrschen sollte als im freien und demokratischen Westen, und ich war zu dem Schluß gezwungen, daß die Erklärung dafür in der Jauchegrube gesucht werden müsse. Denn im Westen sind wir von unseren Mitmenschen durch unseren Geruchssinn getrennt. Der Arbeiter ist unser Herr, geneigt, uns mit eiserner Hand zu regieren, aber es kann nicht geleugnet werden, daß er stinkt: Darüber kann sich niemand wundern, denn ein Bad beim ersten Tageslicht, wenn man sich beeilen muß, zu seiner Arbeit zu kommen, bevor die Fabrikglocke schrillt, ist keine angenehme Sache, noch trägt schwere Arbeit zum Wohlgeruch bei; und man wechselt sein Hemd nicht mehr als nötig, wenn die wöchentliche Wäsche von einem scharfzüngigen Weib besorgt werden muß. Ich tadle den Arbeiter nicht, weil er stinkt, aber stinken tut er. Das macht für

Menschen mit empfindlichen Nasen geselligen Umgang schwierig. Die morgendliche Badewanne trennt die Klassen wirkungsvoller als Geburt, Reichtum oder Erziehung. Es ist sehr bezeichnend, daß jene Romanciers, die aus den Reihen der Arbeiter kommen, geneigt sind, sie zu einem Symbol des Klassenvorurteils zu machen, und einer der vorzüglichsten Schriftsteller unserer Tage kennzeichnet die Schufte in seinen unterhaltenden Geschichten immer dadurch, daß sie jeden Morgen ein Bad nehmen. Nun, die Chinesen verbringen ihr ganzes Leben in der Nachbarschaft sehr garstiger Gerüche. Sie bemerken sie nicht. Ihre Nasen sind abgestumpft gegen die Düfte, die Europäer angreifen, und so können sie sich auf gleicher Ebene mit dem Ackermann, dem Kuli und dem Handwerker bewegen. Ich wage zu glauben, daß die Senkgrube notwendiger für die Demokratie ist als parlamentarische Einrichtungen. Die Erfindung der „sanitären Bequemlichkeit" hat den Sinn für die Gleichheit der Menschen vernichtet. Sie ist weit mehr verantwortlich für den Klassenhaß als das Monopol des Kapitals in den Händen weniger.

Es ist ein tragischer Gedanke, daß der erste Mensch, der mit dieser nachlässigen Bewegung am Strick eines Wasserklosetts zog, die Totenglocke für die Demokratie läutete.

XXXVII

DER ADVENTIST DES SIEBTEN TAGES

Er war groß gewachsen und von kräftigem Körperbau. Man hatte den Eindruck, daß er, seit er seine Kleider erstanden, zugenommen hatte, denn sie schienen etwas zu eng für ihn. Er trug immer dasselbe: einen blauen Anzug, offenbar in einem Warenhaus fertig gekauft (den Aufschlag schmückte eine kleine amerikanische Fahne), einen hohen, gestärkten Kragen und eine weiße Krawatte mit einem Vergißmein= nichtmuster. Die kurze Nase und das streitsüchtige Kinn gaben seinem glattrasierten Gesicht ein entschlossenes Aus= sehen; seine Augen, hinter großen, goldgefaßten Gläsern, waren blau und groß; und sein Haar, an den Schläfen zu= rückweichend, war glanzlos und dünn auf den Kopf ge= klatscht. Auf dem Scheitel aber sprang eine rebellische Locke hoch wie eine Hahnenfeder.

Er reiste zum erstenmal den Jangtse hinauf, aber die Um= gegend interessierte ihn nicht. Er hatte weder ein Auge für die Einöde der ungestümen Fluten, die sich vor ihm dehn= ten, noch für die gewaltigen oder zarten Farben, mit denen Sonnenaufgang oder Sonnenuntergang die Landschaft über= fluteten. Die großen Dschunken mit ihren viereckigen wei= ßen Segeln fuhren majestätisch den Fluß hinunter. Der Mond ging auf, goß sein Silber über den herrlichen Fluß, gab den Tempeln in den Hainen am Ufer einen seltsamen Zauber. Er war sichtlich gelangweilt. Während eines be=

stimmten Teils des Tages lernte er Chinesisch, während der restlichen Zeit aber las er nichts außer einer *New York Times*, die drei Monate alt war, und den Parlamentsdebatten vom Juli 1915, die, weiß der Himmel warum, zufällig an Bord waren. Er interessierte sich nicht für die Religionen, die in dem Land blühten, in das er gekommen war, um es zu evangelisieren. Er bezeichnete sie alle verächtlich als Götzendienerei. Ich glaube nicht, daß er jemals die Schriften des Konfuzius gelesen hatte. Er wußte nichts von der Geschichte, von der Kunst und der Literatur Chinas.
Ich konnte nicht herausbekommen, was ihn eigentlich in das Land geführt hatte. Er sprach von seiner Arbeit wie von einem Beruf, den er ergriffen hatte, wie einer Beamter wird, und aus dem er, obgleich die Besoldung schlecht war (er beklagte sich, daß er weniger verdiene als ein Handwerker), nichtsdestoweniger ein gutes Geschäft machen wollte. Er wollte die Mitgliederzahl seiner Kirche vergrößern, und er wollte seine Schule selbständig machen. Wenn er jemals die ernsthafte Berufung gespürt hatte, die Heiden zu bekehren, so war heute keine Spur mehr davon in ihm. Er betrachtete die ganze Angelegenheit als ein Geschäft. Das ganze Geheimnis des Erfolgs lag in dem kostbaren Wort: Organisation. Er war aufrecht, ehren- und tugendhaft, aber es war weder Leidenschaft noch Enthusiasmus in ihm. Er schien unter dem Eindruck zu stehen, daß die Chinesen ein sehr simples Volk waren, und weil sie nicht die gleichen Dinge wußten wie er, hielt er sie für unwissend. Er mußte immer zeigen, daß er sich ihnen überlegen fühlte. Die Gesetze, die sie machten, waren auf den Weißen nicht anwendbar, und er nahm ihnen die Tatsache übel, daß man von ihm erwartete, er werde sich ihren Gebräuchen anpassen. Aber er

war kein übler Bursche; in der Tat, er war gemütlich, und solange man nicht versuchte, seine Autorität anzuzweifeln, würde er bestimmt alles, was in seiner Macht stand, getan haben, um einem dienlich zu sein.

XXXVIII

Der Philosoph

Es war überraschend, eine so ausgedehnte Stadt in einem Winkel des Landes zu finden, der so abgelegen schien. Von ihrem befestigten Tor gen Sonnenuntergang konnte man die schneebedeckten Berge Tibets sehen. Sie beherbergte so viele Menschen, daß es sich nur auf den Mauern bequem ging, und einer, der schnell ging, brauchte drei Stunden, um den ganzen Umkreis abzugehen. Im Umkreis von tausend Meilen gab es keine Eisenbahn, und der Fluß, an dem sie lag, war so seicht, daß nur Dschunken von leichtem Gewicht auf ihm fahren konnten. Man brauchte fünf Tage mit einem Sampan, um den Oberen Jangtse zu erreichen. Für einen beunruhigenden Augenblick fragte man sich, ob Eisenbahnen und Dampfschiffe für den Ablauf des Lebens so wichtig sind, wie wir, die wir sie täglich benutzen, gemeinhin annehmen, denn hier gedieh eine Million Menschen, heiratete, vermehrte sich und starb; hier war eine Million Menschen mit Handel, Kunst und Gedanken eifrig beschäftigt. Und hier lebte ein Philosoph von Ruf. Der Wunsch, ihn zu sehen, war für mich einer der Antriebe zu dieser etwas beschwerlichen Reise gewesen. Er war die größte Autorität Chinas in der konfuzianischen Lehre. Man sagte, daß er fließend Deutsch und Englisch spreche. Viele Jahre war er der Sekretär eines der mächtigsten Vizekönige der Kaiserinwitwe gewesen, aber jetzt lebte er ganz in der Zurückgezogenheit. An bestimmten Tagen der Woche jedoch öffnete er das ganze Jahr hindurch seine Tür denjenigen, die nach Wissen strebten, und unterrichtete in der Lehre des Konfuzius. Er hatte Schüler, aber es war eine kleine Gruppe, da die Studenten zum größten Teil seiner bescheidenen Behausung und seinen strengen Ermahnungen die prächtigen Bauten der ausländischen Universität und das nützliche Wissen der Barbaren vorzogen: Von ihm wurde das nur erwähnt, um verächtlich abgetan zu werden. Nach allem, was ich von ihm gehört hatte, schloß ich, daß er ein Mann von Charakter sei.

Als ich den Wunsch äußerte, diese ausgezeichnete Persönlichkeit kennenzulernen, erbot sich mein Gastgeber unverzüglich, ein Treffen zu arrangieren; aber die Tage gingen hin, und nichts ereignete sich. Ich forschte nach, und mein Gastgeber zuckte die Schultern.

„Ich habe ihm ein Briefchen geschickt und ihn wissen lassen, er möchte vorbeikommen", sagte er. „Ich weiß nicht, warum er nicht aufgetaucht ist. Er ist ein widerborstiger alter Bursche."

Ich glaubte nicht, daß es passend wäre, sich einem Philosophen auf so hochfahrende Art zu nähern, und ich war kaum überrascht, daß er eine Aufforderung wie diese ignoriert hatte. Ich veranlaßte, daß ein Brief an ihn gesandt wurde, der in den höflichsten Wendungen, die ich mir ausdenken konnte, anfragte, ob er es mir gestatten würde, ihn zu be=

suchen, und innerhalb zwei Stunden erhielt ich eine Ant=
wort, die eine Verabredung für den nächsten Morgen um
zehn Uhr traf.
Ich wurde in einer Sänfte hingetragen. Der Weg schien nicht
enden zu wollen. Ich kam durch Straßen voller Gedränge,
durch Straßen, die verlassen lagen, bis ich schließlich in eine
ruhige und menschenleere Straße gelangte, in der meine
Träger die Sänfte vor einer kleinen Tür, die in eine lange
weiße Wand eingelassen war, absetzten. Einer von ihnen
klopfte, und nach einer beträchtlichen Zeit öffnete sich ein
Guckloch; dunkle Augen blickten hindurch; es gab ein kur=
zes Verhandeln, und schließlich wurde ich eingelassen. Ein
Junge mit blassem Gesicht, ausgemergelt und ärmlich ge=
kleidet, bedeutete mir, ihm zu folgen. Ich wußte nicht, ob
er ein Diener war oder ein Schüler des großen Mannes. Ich
kam durch einen verfallenen Hof und wurde in ein langes,
niedriges Zimmer geführt, spärlich eingerichtet mit einem
amerikanischen Rollpult, ein paar Blackwoodstühlen und
zwei kleinen chinesischen Tischchen. An den Wänden Re=
gale, auf denen Bücher in großer Zahl standen, die meisten
natürlich in Chinesisch, aber es fanden sich auch viele deut=
sche, englische und französische philosophische und natur=
wissenschaftliche Werke, und es gab Hunderte von unge=
bundenen Heften wissenschaftlicher Zeitschriften. Wo die
Bücher nicht die ganze Wand einnahmen, hingen Schrift=
rollen, auf denen, in verschiedenen Kalligraphien, wie ich
vermute, Zitate des Konfuzius geschrieben standen. Auf
dem Boden lag kein Teppich. Es war ein kaltes, kahles Zim=
mer ohne Bequemlichkeit. Seine Düsterkeit wurde nur von
einer Chrysantheme aufgehellt, die in einer hohen Vase auf
dem Schreibpult stand.

Ich wartete einige Zeit, und dann brachte der Jüngling, der mich hereingeführt hatte, eine Kanne Tee, zwei Tassen und eine Dose mit Virginiazigaretten. Als er hinausging, trat der Philosoph ein. Ich beeilte mich zu versichern, daß ich die Ehre zu schätzen wisse, die er mir damit erwiesen habe, daß ich ihn besuchen durfte. Er bot mir einen Stuhl an und goß den Tee ein.

„Daß Sie mich zu sehen wünschten, schmeichelt mir", er= widerte er. „Ihre Landsleute verkehren nur mit Kulis und Kompradoren, sie denken, alle Chinesen müßten eines oder das andere sein."

Ich wagte zu protestieren. Aber ich hatte ihn nicht ver= standen. Er lehnte sich in seinem Stuhl zurück und betrach= tete mich mit einem spöttischen Ausdruck.

„Sie glauben, sie brauchten nur zu winken, und wir müßten kommen." Ich sah, daß die unglückliche Mitteilung meines Freundes noch nagte. Ich wußte nicht recht, was erwidern. Ich murmelte eine Artigkeit.

Er war ein alter Mann, groß, mit einem dünnen grauen Zopf und glänzenden großen Augen, unter denen schwere Säcke hingen. Seine Zähne waren abgebrochen und ver= färbt. Er war überaus mager, und seine Hände, schön und schmal, waren welk und krallenartig. Man hatte mir er= zählt, daß er Opium rauche. Er war sehr ärmlich gekleidet, ein schwarzes Gewand, eine kleine schwarze Kappe, beides mehr als abgetragen, und dunkelgraue Hosen, die an den Knöcheln zusammengebunden waren. Er beobachtete. Er wußte nicht recht, welche Haltung er einnehmen sollte, und er hatte das Gebaren eines Mannes, der auf der Hut war. Natürlich nimmt der Philosoph den Platz des Königs ein unter denen, die sich mit den Dingen des Geistes befassen,

und wir haben das Zeugnis Benjamin Disraelis, daß König=
tum mit verschwenderischer Schmeichelei behandelt werden
muß. Ich packte meine Kelle. Und bald bemerkte ich eine
gewisse Entspannung in seinem Benehmen. Er war wie ein
Mensch, der ganz unbeweglich und steif bleibt, damit er
fotografiert werden kann, der aber, sobald er den Verschluß
klicken hört, sich gehenläßt und es sich wieder in seinem
natürlichen Selbst bequem macht. Er zeigte mir seine Bü=
cher.

„Ich machte meinen Doktor der Philosophie in Berlin, wis=
sen Sie", sagte er. „Danach studierte ich einige Zeit in Ox=
ford. Aber die Engländer haben, wenn Sie mir die Bemer=
kung erlauben wollen, keine große Fähigkeit zur Philoso=
phie."

Obgleich er die Bemerkung entschuldigend gemacht hatte,
war es offensichtlich, daß es ihm nicht mißfiel, eine leicht
unangenehme Sache zu sagen.

„Wir hatten Philosophen, die in der Welt des Geistes nicht
ohne Einfluß geblieben sind", bemerkte ich.

„Hume und Berkeley? Die Philosophen, die zu meiner Zeit
in Oxford lehrten, waren ängstlich darauf bedacht, ihre
Kollegen von der theologischen Fakultät nicht zu verletzen.
Sie verfolgten ihre Gedanken nicht in die logische Konse=
quenz, wenn sie dadurch ihre Stellung in der Universitäts=
gesellschaft aufs Spiel setzten."

„Haben Sie die modernen Strömungen der Philosophie in
Amerika studiert?" fragte ich.

„Sprechen Sie vom Pragmatismus? Er ist die letzte Zuflucht
derer, die das Unglaubliche glauben wollen. Ich habe mehr
Verwendung für amerikanisches Petroleum als für ameri=
kanische Philosophie."

Seine Urteile waren beißend. Wir setzten uns wieder und tranken noch eine Tasse Tee. Er begann fließend zu sprechen. Er sprach ein etwas gekünsteltes, aber idiomatisches Englisch. Dann und wann half er sich mit einer deutschen Redewendung aus. Soweit es einem Mann von derart unbeugsamem Charakter möglich war, Einflüsse aufzunehmen, war er von Deutschland beeinflußt. Die Methodik und der Fleiß der Deutschen hatten ihn tief beeindruckt, und ihr philosophischer Scharfsinn wurde ihm offenkundig, als ein arbeitsamer Professor in einer Fachzeitschrift einen Essay über eine seiner eigenen Schriften veröffentlichte.

„Ich habe zwanzig Bücher geschrieben", sagte er, „aber dies ist die einzige Notiz, die von mir in europäischen Publikationen genommen wurde."

Aber sein Studium der westlichen Philosophie hatte am Ende nur dazu gedient, ihn mit der Befriedigung zu erfüllen, daß die Weisheit letzten Endes in den Grenzen des konfuzianischen Kanons gefunden werden mußte. Er nahm seine Philosophie mit Überzeugung hin. Sie beantwortete die Bedürfnisse seines Geistes so vollständig, daß alle fremden Lehren sinnlos zu sein schienen. Dies interessierte mich, denn es bestätigte meine Meinung, daß die Philosophie eher eine Angelegenheit des Charakters ist denn der Logik: Der Philosoph glaubt nicht, indem er dem Beweis folgt, sondern seinem eigenen Temperament, und sein Denken dient einzig dazu, das vernünftig zu machen, was sein Instinkt als wahr ansieht. Wenn der Konfuzianismus eine so große Macht über die Chinesen gewonnen hat, so deshalb, weil er sie in einem Maße ausdrückt und erklärt, wie es kein anderes Denksystem vermag.

Mein Gastgeber zündete sich eine Zigarette an. Anfangs

war seine Stimme dünn und müde gewesen, aber als sein Interesse erwachte, nahm sie an Volumen zu. Er sprach mit Feuer. In ihm war nicht die Ruhe des Weisen. Er war ein Polemiker und Kämpfer. Er verabscheute das moderne Geschrei nach Individualismus. Für ihn war die Gesellschaft eine Einheit, und die Familie die Grundlage der Gesellschaft. Er hielt das alte China aufrecht und die alte Schule, die Monarchie, den starren konfuzianischen Kanon. Er wurde heftig und bitter, wenn er von den Gelehrten sprach, die frischgebacken von den ausländischen Universitäten kamen und mit frevlerischer Hand die älteste Zivilisation der Welt zu Boden zerrten.

„Aber Sie, wissen Sie, was Sie tun?" rief er aus. „Aus welchem Grund glauben Sie sich uns überlegen? Haben Sie uns in Kunst oder Literatur übertroffen? Sind unsere Denker weniger tief gewesen als die Ihren? War unsere Zivilisation weniger hervorragend, weniger kompliziert, weniger verfeinert als ihre? Nun, als Sie in Höhlen lebten und sich mit Fellen kleideten, waren wir ein Kulturvolk. Wissen Sie, daß wir ein Experiment unternahmen, das einzig ist in der Geschichte der Welt? Wir suchten dieses große Reich nicht mit Gewalt, sondern mit Weisheit zu regieren. Und über Jahrhunderte hin hatten wir Erfolg. Warum also verachtet der weiße Mann den gelben? Soll ich es Ihnen sagen? Weil er das Maschinengewehr erfunden hat. Das ist Ihre Überlegenheit. Wir sind eine wehrlose Horde, und Sie können uns in die Ewigkeit pusten. Sie haben den Traum unserer Philosophen zerstört, daß die Welt durch Gesetz und Ordnung regiert werden könnte. Und nun sind Sie dabei, unsere jungen Leute Ihr Geheimnis zu lehren. Sie haben uns Ihre gräßlichen Erfindungen aufgedrängt. Wissen Sie nicht, daß wir

eine natürliche Begabung für die Mechanik besitzen? Wissen Sie nicht, daß es hier in diesem Land vierhundert Millionen der begabtesten und fleißigsten Menschen der Welt gibt? Glauben Sie, es wird lange dauern, bis wir gelernt haben? Und was wird aus Ihrer Überlegenheit werden, wenn der gelbe Mann ebensogute Gewehre bauen kann wie der weiße und sie genauso bedienen? Sie haben das Maschinengewehr beschworen, und durch das Maschinengewehr werden Sie gerichtet werden."
Aber in diesem Augenblick wurden wir unterbrochen. Ein kleines Mädchen kam leise herein und schmiegte sich eng an den alten Mann. Sie starrte mich mit neugierigen Augen an. Er erzählte mir, sie sei sein jüngstes Kind. Er legte den Arm um sie, murmelte Liebkosungen und küßte sie zärtlich. Sie trug einen schwarzen Kittel und Hosen, die kaum bis zu den Knöcheln reichten Auf ihrem Rücken baumelte ein langer Zopf. Sie war an dem Tag geboren, an dem die Revolution durch die Abdankung des Kaisers zu einem erfolgreichen Ende gebracht worden war.
„Ich glaubte, sie verkünde den Frühling einer neuen Ära", sagte er, „aber sie war nur die letzte Blüte im Herbst dieser großen Nation."
Aus einer Schublade seines Schreibpultes nahm er ein paar Münzen, reichte sie ihr und schickte sie hinaus.
„Sie sehen, daß ich einen Zopf trage", sagte er und nahm ihn in die Hand. „Es ist ein Symbol. Ich bin der letzte Vertreter des alten Chinas."
Er erzählte mir, ruhiger jetzt, wie die Philosophen in langvergangenen Tagen mit ihren Schülern von Staat zu Staat gewandert waren, alle lehrend, die es wert waren, zu lernen. Könige beriefen sie zu ihren Räten und machten sie zu

den Lenkern der Städte. Seine Gelehrsamkeit war groß, und seine beredten Wendungen gaben den Geschehnissen, die er mir aus der Geschichte seines Landes berichtete, ein vielfarbiges Leben. Ich konnte nicht umhin, ihn für eine etwas pathetische Figur zu halten. In sich fühlte er die Fähigkeit, den Staat zu verwalten, aber es gab keinen König, der ihm ein Amt anvertrauen konnte; er besaß eine unermeßliche Fülle an Wissen, er brannte danach, es an die große Schar von Wißbegierigen weiterzugeben, nach der sich seine Seele sehnte, und da kamen nur ein paar, ihn zu hören, ein paar armselige, halbverhungerte und beschränkte Kleinstädter. Ein= oder zweimal hatte mir das Taktgefühl geboten, mich zu verabschieden, aber er wollte mich nicht gehen lassen. Jetzt schließlich war ich gezwungen zu gehen. Ich erhob mich. Er hielt meine Hand.

„Ich würde Ihnen gerne etwas als Erinnerung an Ihren Besuch bei dem letzten Philosophen Chinas schenken, aber ich bin ein armer Mann, und ich weiß nicht, was ich Ihnen geben könnte, das es wert ist, daß Sie es annehmen."

Ich beteuerte, daß die Erinnerung an meinen Besuch selbst ein unschätzbares Geschenk sei. Er lächelte.

„Die Menschen haben ein kurzes Gedächtnis in diesen verderbten Tagen, und ich würde Ihnen gerne etwas Greifbareres geben. Ich würde Ihnen eines meiner Bücher schenken, aber sie lesen nicht Chinesisch."

Er betrachtete mich mit einer liebenswerten Verlegenheit. Mir kam eine Erleuchtung.

„Geben Sie mir eine Probe Ihrer Kalligraphie", sagte ich.

„Würde Ihnen das Freude bereiten?" Er lächelte. „In meiner Jugend galt ich für einen, der den Pinsel in einer Art führte, die nicht gänzlich verachtenswert war."

Er setzte sich an sein Pult, nahm ein sauberes Blatt Papier und legte es vor sich. Er goß einige Tropfen Wasser auf einen Stein, rieb die Tintenstange darin und ergriff seinen Pinsel. Mit einer freien Bewegung des Armes begann er zu schreiben. Und während ich ihn beobachtete, erinnerte ich mich mit nicht geringem Vergnügen an eine andere Ge= schichte, die mir über ihn berichtet worden war. Es schien, daß der alte Herr immer, wenn er etwas Geld zusammen= kratzen konnte, es ausschweifend in den Straßen ver= schwendete, die von den Damen bewohnt wurden, zu deren Beschreibung im allgemeinen ein Euphemismus ge= braucht wird. Sein ältester Sohn, eine Standesperson in der Stadt, wurde durch die Schmach dieses Betragens gequält und gedemütigt, und nur sein unerschütterlicher Sinn für Sohnespflicht hielt ihn ab, den Wüstling mit Strenge zu tadeln. Ich wage zu behaupten, daß solche Liederlichkeit einen Sohn aus der Fassung bringen kann, aber der Kenner der menschlichen Natur kann sie mit Gleichmut betrachten. Philosophen neigen dazu, ihre Theorien im Studierzimmer auszuarbeiten, und sie ziehen Schlüsse über das Leben, das sie nur aus zweiter Hand kennen, und mir schien oft, daß ihre Werke eine entschiedenere Bedeutung hätten, würden sie sich einmal selbst den Wechselfällen ausliefern, die den gemeinen Menschenschlag befallen. Ich war darauf vorbe= reitet, das Schäkern des alten Herrn an versteckten Plätzen mit Milde zu betrachten. Vielleicht suchte er nur die uner= forschlichste der menschlichen Illusionen zu erhellen.
Er war zu Ende. Um die Tinte zu trocknen, streute er ein wenig Asche auf das Papier. Dann stand er auf und reichte es mir.
„Was haben Sie geschrieben?" fragte ich.

Ich glaube, da war ein kleines, boshaftes Glimmen in seinen Augen.
„Ich habe es gewagt, Ihnen zwei kleine Gedichte von mir anzubieten."
„Ich wußte nicht, daß Sie Dichter sind."
„Als China noch ein unzivilisiertes Land war", erwiderte er sarkastisch, „konnten alle gebildeten Menschen Gedichte zumindest mit Anmut schreiben."
Ich nahm das Blatt und betrachtete die chinesischen Schrift=
züge. Sie bildeten ein hübsches Muster.
„Würden Sie mir nicht auch eine Übersetzung geben?"
„*Tradutore — tradittore*", antwortete er, „Sie können nicht erwarten, daß ich mich selbst verrate. Fragen Sie einen Ihrer englischen Freunde. Die das meiste über China wissen, wis=
sen nichts, aber Sie werden schließlich jemand finden, der imstande ist, Ihnen ein paar rohe und einfache Zeilen wie=
derzugeben."
Ich sagte ihm Lebewohl, und er brachte mich mit großer Höflichkeit zu meiner Sänfte. Als Gelegenheit dazu war, gab ich die Gedichte einem Sinologen aus meinem Bekann=
tenkreis, und hier ist die Übersetzung, die er davon machte. Ich gebe zu, daß ich, sicher ohne Grund, etwas be=
stürzt war, als ich sie las.

Du liebtest mich nicht: Deine Stimme war süß
dein Auge voll Lachen, sanft deine Hand.
Dann liebtest du mich: Und deine Stimme war streng,
dein Auge voll Salz und grausam die Hand.
Schlimm, nicht liebenswert
macht dich die Liebe.

Ich flehte, die Jahre würden hineilen,
  daß du verlörest
den Glanz deiner Augen, die Pfirsichblüte deiner Haut,
all die grausame Pracht deiner Jugend.
  Dann würde ich als einzger dich lieben
  würdst du am Ende zärtlich sein.

Die neidschen Jahre eilen hin,
  und du verlorst
den Glanz deiner Augen, die Pfirsichblüte deiner Haut,
und all den Zauberglanz der Jugend.
  O weh, ich lieb dich nicht
  und niemals werd ich zärtlich sein.

XXXIX

Die Dame von der Mission

Sie war bestimmt fünfzig, aber ein Leben voller Überzeu=
gungen, die niemals von einem Zweifel ins Wanken ge=
bracht worden waren, hatte ihr Gesicht faltenlos gelassen.
Die Ungewißheiten des Denkens hatten niemals die Glätte
ihrer Stirn gefurcht. Ihre Züge waren kühn und regel=
mäßig, ein wenig männlich, und ihr entschlossenes Kinn
bestätigte den Eindruck, den man von ihren Augen emp=
fing. Sie waren blau, vertrauensvoll und voller Sicherheit.
Sie schätzten einen ab durch große, runde Brillengläser.
Man fühlte, daß hier eine Frau war, der das Befehlen leicht
wurde. Ihre Mildtätigkeit war vor allem andern angemes=
sen, und man war sicher, daß sie die augenscheinliche Güte

ihres Herzens nach völlig geschäftsmäßigem Muster prak=
tizierte. Man konnte auch vermuten, daß sie nicht frei war
von menschlicher Eitelkeit (und dies muß ihr als Zierde an=
gerechnet werden), denn sie trug ein Kleid aus veilchen=
blauer, reichbestickter Seide und ein Barett aus zahllosen
Stiefmütterchen, das auf einem weniger respektablen Kopf
beinahe unverschämt gewesen wäre. Aber mein Onkel
Henry, siebenundzwanzig Jahre lang Vikar von Whitstable,
der seine feste Meinung hatte über die für eine Pfarrfrau
passende Kleidung, protestierte niemals dagegen, daß meine
Tante Veilchenblau trug, und er würde an dem Kleid der
Dame von der Mission nichts zu tadeln gefunden haben.
Sie sprach fließend, mit dem gleichmäßigen Fluß von Was=
ser, das aus einem Hahn kommt. Ihre Konversation war
von jener bewundernswerten Geläufigkeit, die ein Politiker
am Ende des Wahlkampfes besitzt. Man spürte, daß sie
wußte, was sie meinte (für die meisten von uns eine so
seltene Vollkommenheit), und meinte, was sie sagte.
„Ich denke immer", bemerkte sie freundlich, „daß man an=
ders urteilen wird, wenn man die beiden Seiten einer Sache
kennt, als man es tut, wenn man nur die eine kennt. Aber
die Tatsache bleibt bestehen, daß zwei und zwei vier ist,
und man kann die ganze Nacht streiten, ohne daß fünf da=
bei herauskommt. Habe ich recht oder unrecht?"
Ich beeilte mich, ihr zu versichern, daß sie recht hatte, ob=
gleich ich mir bei diesen neuen Theorien von der Relativität
und den parallelen Linien, die sich in der Unendlichkeit
auf eine so überraschende Art benehmen, im Grunde meines
Herzens keineswegs sicher war.
„Niemand kann ihren Kuchen essen und ihn behalten",
fuhr sie fort, ein Beispiel für Benedetto Croces Theorie, daß

Grammatik wenig mit dem Ausdruck zu tun hat, „und man muß das Rauhe mit dem Glatten nehmen, aber ich sage immer zu den Kindern, ihr könnt nicht erwarten, daß alles nach eurem Kopf geht. Niemand ist vollkommen auf dieser Welt, und ich denke immer, wenn man das Beste von den Menschen erwartet, wird man auch das Beste be= kommen!"

Ich bekenne, daß ich verblüfft war, aber ich beschloß, mein Teil zu tun. Es war nur höflich.

„Die meisten Menschen leben lange genug, um zu ent= decken, daß selbst der schlechteste Tag ein Ende hat", be= gann ich ernsthaft. „Mit Beharrlichkeit kann man die mei= sten Dinge tun, die nicht außerhalb unserer Macht liegen, und schließlich ist es besser, zu wünschen, was man hat, als zu haben, was man sich wünscht." Ich glaubte, daß ihre Augen in einer plötzlichen Bestürzung verglasten, als ich diese dreiste Feststellung machte, aber ich darf wohl sagen, daß es nur meine Einbildung war, denn sie nickte heftig.

„Gewiß, ich sehe Ihren Standpunkt", sagte sie. „Wir kön= nen nicht mehr tun, als wir vermögen."

Aber mich stach jetzt der Hafer, und ich schob den Einwurf zur Seite. Ich legte los.

„Wenige Menschen vergegenwärtigen sich die tiefe Wahr= heit, daß zwanzig Schilling in jedem Pfund sind und zwölf Pence in jedem Schilling. Ich bin ganz sicher, daß es besser ist, deutlich bis zum Ende seiner Nase zu sehen als undeut= lich durch eine Ziegelsteinmauer. Wenn es etwas gibt, des= sen wir sicher sein können, so ist es das, daß das Ganze größer ist als der Teil."

Als sie mir mit einem herzlichen Händedruck, der fest und bezeichnend war, Lebewohl wünschte, sagte sie:

„Nun, wir hatten ein höchst interessantes Gespräch. Es tut einem gut, an einem Ort wie diesem, der so weit von jeder Zivilisation entfernt ist, Gedanken auszutauschen mit jemandem, der auf gleicher geistiger Höhe steht."
„Besonders die anderer Leute", murmelte ich.
„Ich denke immer, man sollte von den großen Gedanken der Vergangenheit profitieren", entgegnete sie. „Es zeigt, daß die großen Toten nicht umsonst gelebt haben."
Ihre Konversation war großartig.

XL

Eine Partie Billard

Ich saß in der Hotelhalle und las eine mehrere Tage alte Nummer der *South China Times*, als die Tür zur Bar etwas heftig aufgestoßen wurde und ein sehr langer, dünner Mann erschien.
„Haben Sie Lust auf eine Partie Billard?" fragte er.
„Ganz gewiß."
Ich stand auf und ging mit ihm in die Bar. Es war ein kleines Hotel, aus Stein, etwas anmaßend in seinem Äußeren, und es wurde von einem portugiesischen Mischblut geführt, das Opium rauchte. Kein halbes Dutzend Leute logierten hier: ein portugiesischer Beamter mit seiner Frau, der auf das Schiff wartete, das ihn in eine entfernte Kolonie bringen sollte, ein Ingenieur aus Lancashire, der den ganzen Tag über mürrisch betrunken war, eine geheimnisvolle Dame, nicht mehr jung, aber von wollüstigem Aussehen, die zu den Mahlzeiten in den Speisesaal kam und gleich nachher wieder auf ihr Zimmer ging; den Fremden hatte ich

zuvor nicht gesehen. Ich vermutete, daß er diesen Abend mit einem chinesischen Schiff angekommen war. Ich schätzte ihn auf über fünfzig, er war verrunzelt, als hätten tropische Sonnen allen Saft aus ihm gezogen, sein Gesicht war bei= nahe ziegelrot. Ich konnte ihn nicht einordnen. Er mochte ein stellungsloser Schiffer sein oder der Agent einer aus= ländischen Firma in Hongkong. Er war sehr schweigsam und antwortete nicht auf die gelegentlichen Bemerkungen, die ich im Verlauf des Spiels machte. Er spielte recht gut Billard, wenn auch nicht hervorragend, aber er war ein angenehmer Partner; und als er meinen Ball ins Loch trieb, gab er mir, anstatt mir einen *double balk* zu lassen, einen vernünftigen Schuß. Aber nachdem die Partie zu Ende war, würde ich nicht mehr an ihn gedacht haben, wenn er nicht plötzlich sein Schweigen gebrochen und mir eine sehr sonderbare Frage gestellt hätte.
„Glauben Sie an das Schicksal?" fragte er.
„Beim Billard?", erwiderte ich, höchst erstaunt über seine Bemerkung.
„Nein, im Leben."
Ich wollte ihm nicht ernsthaft antworten.
„Ich weiß nicht genau", antwortete ich.
Er machte seinen Stoß. Er machte eine kleine Pause. Da= nach sagte er, während er seinen Queue kreidete:
„Ich glaube daran. Ich glaube, wenn die Dinge auf einen zukommen, kann man ihnen nicht entrinnen."
Das war alles. Er sagte nichts mehr. Als wir die Partie be= endet hatten, ging er schlafen, und ich sah ihn niemals wieder. Ich werde niemals erfahren, welche seltsame Re= gung ihn trieb, einem Fremden diese plötzliche Frage zu stellen.

XLI

Der Kapitän

Ich wußte, er war betrunken.

Er war ein Kapitän der neuen Schule, ein kleiner zierlicher Mann, glattrasiert, der leicht für den Kommandanten eines Unterseebootes hätte gelten können. In seiner Kajüte hing ein schöner neuer Uniformrock mit Goldlitzen, die Uniform, die um ihrer guten Dienste im Krieg willen der Handels= marine zugestanden worden war, aber er scheute sich, sie anzulegen; es schien albern, wenn er nicht mehr war als der Kapitän eines kleinen Bootes auf dem Jangtse; so stand er in einem hübschen braunen Anzug und einem Homburg auf seiner Brücke; man konnte sich fast in seinen bewun= dernswert polierten Schuhen spiegeln. Seine Augen waren klar und glänzend, seine Haut frisch. Obgleich er seit zwan= zig Jahren auf See war und nicht viel jünger als vierzig sein konnte, sah er nicht älter als achtundzwanzig aus. Man konnte sicher sein, daß er ein reines Leben führte, gesund im Geist wie im Körper, und daß die Laster des Ostens, von denen man sich erzählt, ihn unberührt gelassen hatten. Er hatte einen guten Geschmack in leichter Literatur, und die Werke von E. V. Lucas zierten sein Bücherbord. In seiner Kajüte sah man die Fotografie einer Fußballmannschaft, in der er eine Rolle spielte, und zwei Aufnahmen von einer jungen Frau mit zierlich gewelltem Haar, mit der er wahr= scheinlich verlobt war.

Ich wußte, er war betrunken, aber ich hatte nicht gedacht, daß er sehr betrunken wäre, bis er mich plötzlich fragte:
„Was ist Demokratie?"
Ich gab eine ausweichende, vielleicht leichtfertige Antwort, und für einige Minuten wandte sich unsere Unterhaltung Themen zu, die für diese Gelegenheit weniger unzeitig waren. Dann brach er sein Schweigen und sagte:
„Hoffentlich denken Sie nicht, daß ich Sozialist bin, weil ich fragte: Was ist Demokratie?"
„Ganz und gar nicht", antwortete ich, „aber ich sehe nicht ein, warum Sie nicht Sozialist sein sollten."
„Ich gebe Ihnen mein Ehrenwort, ich bin's nicht", beteuerte er. „Wenn es nach mir ginge, würde ich sie an die Wand stellen und erschießen."
„Was ist Sozialismus?" fragte ich.
„Oh, Sie wissen, was ich meine, Henderson und Ramsay MacDonald und all dieses Zeug", antwortete er. „Ich hab' nachgerade die Nase voll vom Arbeiter."
„Aber Sie sind selbst ein Arbeiter, würde ich gedacht haben."
Er schwieg lange Zeit, und ich glaubte, daß er an andere Dinge dächte. Aber ich irrte; er überdachte meine Feststellung nach allen Seiten, denn schließlich sagte er:
„Sehen Sie, ich bin kein Arbeiter. Hol's der Henker, ich war in Harrow."

XLII

DIE SEHENSWÜRDIGKEITEN DER STADT

Ich bin kein fleißiger Besichtiger, und wenn Führer, berufs=
mäßig oder freundschaftlich, mich drängen, ein berühmtes
Monument zu besichtigen, dann habe ich die hartnäckige
Neigung, sie zum Teufel zu schicken. Zu viele Augen vor
den meinen haben mit Ehrfurcht den Montblanc betrachtet,
zu viele Herzen vor dem meinen haben in tiefer Bewegung
angesichts der Sixtinischen Madonna geschlagen. Sehens=
würdigkeiten wie diese sind wie Frauen mit zu großzügigem
Mitgefühl: Man fühlt, daß so viele Menschen in ihrem Mit=
leid Trost gefunden haben, daß man verlegen wird, wenn
sie einen mit geübtem Takt bitten, die ganze Geschichte un=
serer Bedrängnis in ihre diskreten Ohren zu flüstern. An=
genommen, man wäre der letzte Strohhalm, der den Rücken
des Kamels gebrochen hat! Nein, gnädige Frau, ich will
meine Sorgen zu einem tragen — falls ich sie nicht allein
tragen kann, was besser ist —, der nicht ganz so sicher ist,
so genau das Richtige zu sagen, um mich zu trösten. Wenn
ich in einer fremden Stadt bin, ziehe ich es vor, aufs
Geratewohl umherzustreifen, und wenn ich vielleicht die
Verzückung einer gotischen Kathedrale verpasse, stoße ich
vielleicht auf eine kleine romanische Kapelle oder einen
Renaissanceeingang, bei denen ich mir schmeicheln kann,
daß niemand anders sich darum bemüht hat.
Aber natürlich, dies war in der Tat eine sehr außergewöhn=

liche Sehenswürdigkeit, und es wäre albern gewesen, sie zu verpassen. Ich stieß aus reinem Zufall darauf. Ich schlen= derte die staubige Straße außerhalb der Stadtmauer ent= lang, und an ihrer Seite sah ich eine Reihe von Gedächtnis= bogen. Sie waren klein und schmucklos, sie standen nicht über den Weg, sondern längs, dicht beieinander, manchmal einer vor dem andern, als seien sie nicht in dem Wunsch errichtet worden, dem Abgeschiedenen zu danken oder den Tugendhaften zu bewundern, sondern als eine äußerliche Höflichkeit, wie am Geburtstag des Königs prominenten Bürgern der Provinzstädte der Ritterschlag erteilt wird. Hin= ter diesen Bogen stieg das Land plötzlich an, und weil in diesem Teil des Landes die Chinesen ihre Toten bevorzugt an einem Berghang bestatten, war es dicht mit Gräbern be= deckt. Ein Fußpfad führte zu einem kleinen Turm, und ich folgte ihm. Es war ein dicker kleiner Turm, drei Meter hoch vielleicht, aus rohbehauenen Steinblöcken erbaut; er war kegelförmig, und sein Dach sah aus wie der Hut eines Pierrots. Er stand auf einem kleinen Hügel, seltsam und ziemlich pittoresk gegen den blauen Himmel, inmitten der Gräber. An seinem Fuß lag eine Anzahl grober Körbe un= ordentlich herum. Ich umging ihn und fand auf einer Seite ein rechteckiges Loch, sechsundvierzig zu zwanzig Zenti= meter, von dem ein kräftiger Strick herabhing. Aus dem Loch drang ein sehr seltsamer, ein ekelerregender Geruch. Und plötzlich verstand ich, was das für ein sonderbares kleines Bauwerk war. Es war ein Babyturm. Die Körbe waren die Körbe, in denen die Babys hergebracht worden waren; drei oder vier davon waren noch ganz neu, sie konnten nicht länger als ein paar Stunden hier liegen. Und der Strick? Nun, wenn die Person, die das Baby herbrachte

— Eltern oder Großmutter, Hebamme oder ein gefälliger Freund —, menschlich veranlagt war und das neugeborene Kind nicht einfach auf den Boden fallen lassen wollte — denn unter dem Turm befand sich eine tiefe Grube —, so konnte es mit Hilfe des Stricks sanft hinabgelassen werden. Der Geruch war der Geruch der Verwesung. Ein munterer kleiner Junge kam zu mir, während ich dastand, und erklärte mir, daß vier Babys an diesem Morgen zum Turm gebracht worden waren.
Es gibt Philosophen, die das Böse mit einem gewissen Wohlgefallen betrachten, weil sie der Ansicht sind, daß ohne das Böse keine Möglichkeit wäre für das Gute. Ohne Bedürfnis gäbe es keine Gelegenheit für die Mildtätigkeit, ohne Unglück keine für Mitleid, ohne Gefahr keinen Mut, und ohne Unglück keine Ergebung. Sie würden in der chinesischen Praxis des Kindesmordes eine geeignete Illustration für ihre Ansichten finden. Ohne den Babyturm würde es in dieser Stadt kein Waisenhaus geben; der Reisende würde eine interessante und eigentümliche Sehenswürdigkeit verpassen, und einige arme Frauen hätten nicht die Gelegenheit, eine schöne und rührende Tugend zu üben. Das Waisenhaus ist dürftig und schmutzig; es steht in einem armen und überfüllten Teil der Stadt, denn die spanischen Nonnen, die es leiten — es sind nur fünf —, halten es für geziemender, dort zu leben, wo sie am nützlichsten sein können; und außerdem haben sie nicht die Mittel, geräumige Häuser in einem gesunden Viertel zu bauen. Die Einrichtung wird durch die Arbeit erhalten, die sie die Mädchen lehren, Spitzen und feine Stickereien, und durch die Almosen der Gläubigen.
Zwei Nonnen, die Mutter Oberin und eine andere, zeigten

mir, was es zu sehen gab. Es war ein sehr seltsames Gefühl, durch die weißgetünchten Räume zu gehen, Arbeitsräume, Spielzimmer, Schlafsäle und Refektorien, kärglich, kalt und nackt; denn du bist vielleicht in Spanien gewesen, und wenn du an einem Fenster vorbeikommst, erwartest du halb, flüchtig die Giralda zu sehen. Und es war bezaubernd, die Zärtlichkeit zu betrachten, mit der die Nonnen die Kinder behandelten. Es gab zweihundert Kinder hier, und sie waren natürlich nur in dem Sinne Waisen, daß ihre Eltern sie ausgesetzt hatten. Da war ein Zimmer, in dem eine An= zahl von ihnen spielte, alle im gleichen Alter, vielleicht vier, alle von der gleichen Größe; mit ihren schwarzen Augen und ihren schwarzen Haaren und ihrer gelben Haut sahen sie einander so ähnlich, daß sie die Kinder der chinesi= schen Alten hätten sein können, die in einem Schuh lebte. Sie drängten sich um die Nonnen und begannen, um sie herumzutoben. Die Mutter Oberin hatte die sanfteste Stimme, die ich jemals hörte, aber sie wurde noch sanfter, als sie mit den winzigen Kleinen scherzte. Sie schmiegten sich an sie. Und sie bot das Bild der Barmherzigkeit. Einige Kinder waren mißgestaltet und einige krank, andere waren schwach und abscheulich anzusehen, andere blind; es gab mir einen kleinen Schauder: Ich staunte, als ich die Liebe sah, die ihre freundlichen Augen erfüllte, und die Süße ihres herzlichen Lächelns. Dann wurde ich in ein Empfangs= zimmer geführt, wo ich kleine süße spanische Kuchen essen mußte und ein Glas Manzanilla trinken, und als ich ihnen erzählte, daß ich in Sevilla gelebt hatte, schickten sie nach einer dritten Nonne, damit sie ein paar Minuten mit jemand sprechen könne, der die Stadt gesehen hatte, in der sie geboren war. Stolz zeigten sie mir die ärmliche kleine

Kapelle mit dem geschmacklosen Bild der Heiligen Jungfrau, ihren Papierblumen und ihrem bunten, wertlosen Schmuck, denn diese lieben, gläubigen Herzen besaßen bei Gott einen einzigartig schlechten Geschmack. Es machte mir nichts aus: Für mich lag etwas so nachdrücklich Rührendes in dieser furchtbaren Gewöhnlichkeit. Und als ich dabei war, zu gehen, fragte mich die Mutter Oberin, ob ich nicht gerne die Babys sehen wolle, die heute gebracht worden waren. Um die Leute zu überreden, sie herzubringen, zahlten sie zwanzig Cent für jedes. Zwanzig Cent!

„Sehen Sie", erklärte sie, „sie haben oft einen langen Weg bis hierher, und wenn wir ihnen nichts geben, nehmen sie die Mühe nicht auf sich."

Sie führte mich in ein kleines Vorzimmer nahe dem Eingang, und dort lagen unter einer Decke vier neugeborene Kinder. Sie waren gerade gebadet worden und in lange Kleider gesteckt. Die Decke wurde zurückgeschlagen. Da lagen sie Seite an Seite, sehr rot im Gesicht und ziemlich mürrisch, vielleicht weil sie gebadet worden und sehr hungrig waren.

Ihre Augen schienen unnatürlich groß. Sie waren so klein, so hilflos: Man mußte lächeln, wenn man sie ansah, und zu gleicher Zeit schnürte es einem die Kehle zu.

XLIII

Die Nacht fällt ein

Gegen Abend vielleicht, müde vom Gehen, setzt du dich in deine Sänfte, und auf dem Kamm eines Hügels kommst du durch einen steinernen Torweg. Du kannst nicht sagen, warum da ein Torweg sein sollte, an diesem verlassenen Flecken, weit weg vom Dorf, aber der Rest einer dicken Mauer weckt den Gedanken an die verfallenen Befestigungen gegen die Feinde einer vergessenen Dynastie. Und wenn du durch den Torweg kommst, siehst du unter dir das schimmernde Wasser in den Reisfeldern, ein Muster wie das Schachbrett in irgendeinem chinesischen Märchen von *Alice in Wonderland*, und dann die runden, baumbestandenen Hügel. Aber wenn du den Weg abwärts nimmst, über die steinernen Stufen des schmalen Wegs, der die Straße von Stadt zu Stadt ist, kommst du in der zunehmenden Dunkelheit an einem Dickicht vorbei, aus dem dir die kühlen Walddüfte der Nacht zuwehen. Dann hörst du nicht länger den gemessenen Schritt deiner Träger, deine Ohren sind plötzlich taub gegen ihre scharfen Schreie, wenn sie die Tragstange von Schulter zu Schulter wechseln, und gegen das nichtendende Geschnatter und den gelegentlichen Fetzen eines Liedes, mit dem sie den eintönigen Weg beleben, denn die Düfte aus dem Wald sind die, die auch von der fetten Erde Kents aufsteigen, wenn du durch die Wälder von Bleane gehst. Heimweh erfaßt dich. Deine Gedanken reisen

durch Zeit und Raum, weit weg von Hier und Jetzt, und
du erinnerst dich deiner entschwundenen Jugend, ihrer gro=
ßen Hoffnungen, ihrer leidenschaftlichen Liebe, ihres Ehr=
geizes. Dann, wenn du ein Zyniker bist, wie sie sagen, und
deshalb sentimental, kommen dir, ohne daß du es willst,
Tränen in die Augen. Und wenn du deine Selbstbeherr=
schung wiedergewonnen hast, ist es Nacht geworden.

XLIV

DER NORMALE MANN

Ich war einmal genötigt, Anatomie zu studieren, ein unend=
lich ödes Geschäft, weil es keinen Vers und keinen Grund
für die riesige Zahl von Dingen gibt, die man sich merken
muß; aber eine Bemerkung, die mein Lehrer machte, als er
mir bei der Sektion eines Schenkels half, blieb mir für
immer im Gedächtnis. Ich hielt vergeblich nach einem be=
stimmten Nerv Ausschau, und es bedurfte seiner größeren
Fertigkeit, um ihn an einer Stelle zu entdecken, wo ich ihn
nicht gesucht hatte. Ich war gekränkt, weil mich das Lehr=
buch in die Irre geführt hatte. Er lächelte und sagte:
„Sehen Sie, das Normale ist das seltenste Ding auf Erden."
Und obgleich er von Anatomie sprach, hätte er mit gleicher
Wahrheit vom Menschen gesprochen haben können. Diese
zufällige Bemerkung prägte sich mir ein, während es so
manche bedeutendere nicht tat, und all die Jahre, die seit=
dem vergangen sind, mit ihrer zunehmenden Kenntnis der
menschlichen Natur, die sie mir brachten, haben nur meine
Überzeugung von ihrer Richtigkeit bestärkt. Ich habe Hun=

derte von Menschen getroffen, die vollkommen normal schienen, nur um alsbald in ihnen eine Idiosynkrasie zu finden, die so ausgeprägt war, um sie beinahe in eine Klasse für sich einzuordnen. Es hat mich nicht wenig unterhalten, die versteckte Originalität in Menschen zu entdecken, die in ihrer äußeren Erscheinung am durchschnittlichsten waren. Ich war oft bestürzt, wenn ich auf eine häßliche Verderbt= heit stieß bei Menschen, bei denen man geschworen hätte, daß sie vollkommen alltäglich wären. Ich habe schließlich den normalen Menschen gesucht wie ein kostbares Kunst= werk. Und mir schien, ihn kennenzulernen würde mir die seltsame Befriedigung verschaffen, die man nur als eine ästhetische bezeichnen kann.

Wirklich, ich glaubte, ihn in Robert Webb gefunden zu haben. Er war Konsul in einem der kleineren Häfen, und man hatte mir einen Empfehlungsbrief an ihn gegeben. Ich hörte eine Menge über ihn auf meinem Weg durch China, und ich hörte nur Gutes. Und wann immer ich zufällig er= wähnte, daß ich zu diesem Hafen ginge, in dem er statio= niert war, sagte jemand ganz sicher:

„Sie werden Bob Webb gerne haben. Er ist ein schrecklich guter Kerl."

Er war als Beamter nicht weniger populär, als er es als Privatmann war. Es gelang ihm, den Händlern zu gefallen, weil er ihren Interessen gegenüber aufgeschlossen war, ohne sich die Feindschaft der Chinesen zuzuziehen, die seine Festigkeit lobten, oder die der Missionare, die sein Privat= leben billigten. Während der Revolution hatte er durch sei= nen Takt, seine Entschlossenheit und seinen Mut nicht nur die ausländische Bevölkerung der Stadt, in der er damals lebte, vor großen Gefahren bewahrt, sondern auch man=

chen Chinesen. Er war als Unterhändler zwischen den einander bekämpfenden Parteien aufgetreten, und sein Scharfsinn brachte es zu einem befriedigenden Vergleich. Er wurde zur Beförderung vorgeschlagen. Ich fand ihn zweifellos einen einnehmenden Burschen. Obgleich er nicht gut aussah, war seine Erscheinung doch sympathisch, er war groß, vielleicht etwas mehr als durchschnittlich, kräftig, ohne fett zu sein, von frischer Gesichtsfarbe, und jetzt (er war fast fünfzig) neigte er dazu, am Morgen etwas aufgeschwemmt zu sein. Das war nichts Besonderes, denn in China essen und trinken die Ausländer viel zu viel, und Robert Webb hatte eine gesunde Neigung für die guten Dinge des Lebens. Er hielt eine ausgezeichnete Tafel. Er liebte es, in Gesellschaft zu speisen, und es kam selten vor, daß er nicht ein oder zwei Personen zum Frühstück oder Dinner bei sich hatte. Er hatte blaue, freundliche Augen. Er besaß die geselligen Gaben, die Freude machen: Er spielte recht gut Klavier, aber er mochte die Musik, die andere mochten, und er war immer bereit, einen Onestep oder Walzer zu spielen, wenn andere tanzen wollten. Mit Frau und Sohn und Tochter in England konnte er es sich nicht leisten, sich Rennponys zu halten, aber er war eifrig an Rennen interessiert; er war ein guter Tennisspieler, und sein Bridge war überdurchschnittlich. Im Gegensatz zu vielen seiner Kollegen erlaubte er es sich nicht, von seiner Stellung überwältigt zu werden, und am Abend im Club war er leutselig und ungekünstelt. Aber er vergaß nicht, daß er der Konsul Ihrer Britischen Majestät war, und ich bewunderte das Geschick, mit dem er, ohne Schiffbruch zu erleiden, die Würde bewahrte, die er in seiner Stellung für nötig hielt. Kurz, er hatte sehr gute Manieren. Er sprach angenehm und

hatte verschiedene, wenn auch etwas gewöhnliche Inter=
essen. Er hatte einen ausgeprägten Sinn für Humor. Er
konnte einen Scherz machen und eine gute Geschichte er=
zählen. Er war sehr glücklich verheiratet. Sein Sohn war in
Charterhouse, und er zeigte mir die Fotografie eines großen,
hübschen Knaben in einem Flanellanzug, der ein offenes
und angenehmes Gesicht hatte. Er zeigte mir auch die Foto=
grafie seiner Tochter. Es ist eine der Tragödien des Lebens
in China, daß ein Mann lange Zeiten von seiner Familie
getrennt sein muß, und infolge des Krieges hatte Robert
Webb die seine acht Jahre nicht gesehen. Seine Frau hatte
die Kinder mit nach Hause genommen, als der Junge acht
und das Mädchen elf Jahre waren. Sie hatten die Absicht
gehabt, zu warten, bis sein Urlaub fällig war, so daß sie
alle zusammen fahren könnten, aber er war an einem Ort
stationiert, der für keines der Kinder passend war, und er
kam mit seiner Frau überein, daß sie sie besser sofort mit=
nähme. In drei Jahren war sein Urlaub fällig, und dann
würde er zwölf Monate mit ihnen verbringen können. Aber
als die Zeit dafür gekommen war, brach der Krieg aus, das
Konsulat hatte Mangel an Arbeitskräften, und es war un=
möglich für ihn, seinen Posten zu verlassen. Seine Frau
wollte nicht von den noch kleinen Kindern getrennt werden,
die Reise war schwierig und gefährlich, niemand erwartete,
daß der Krieg so lange dauern würde, und Jahr auf Jahr
verging. „Mein Mädel war noch ein Kind, als ich sie das
letzte Mal sah", sagte er zu mir, als er mir die Fotografie
zeigte. „Jetzt ist sie eine verheiratete Frau."

„Wann gehen Sie in Urlaub?" fragte ich ihn.

„Oh, meine Frau kommt jetzt herüber."

„Aber wollen Sie nicht Ihre Tochter sehen?" fragte ich.

Er sah wieder auf die Fotografie, und dann blickte er weg. Ein eigenartiger Ausdruck lag auf seinem Gesicht, ein irgendwie mürrischer Ausdruck, so dachte ich, und er antwortete:
„Ich war jetzt zu lange weg von zu Hause. Ich werde nie mehr zurückgehn."
Ich lehnte mich in meinem Stuhl zurück, rauchte meine Pfeife. Das Bild zeigte mir ein neunzehnjähriges Mädchen mit großen blauen Augen und kurzgeschnittenem Haar. Es war ein hübsches Gesicht, offen und freundlich, aber das Bemerkenswerteste daran war ein besonderer Zauber des Ausdrucks. Bob Webbs Tochter war eine sehr verlockende junge Person. Ich mochte diese einnehmende Kühnheit.
„Es war eine ziemliche Überraschung für mich, als sie diese Fotografie schickte", sagte er auf einmal. „Ich habe immer an sie als Kind gedacht. Wenn ich ihr auf der Straße begegnet wäre, hätte ich sie nicht erkannt."
Er lachte kurz, und es klang nicht natürlich.
„Es ist nicht fair... Als sie ein Kind war, wollte sie gewöhnlich auf dem Schoß sitzen."
Er starrte auf das Bild. Mir schien, als sähe ich in seinen Augen eine ganz unerwartete Regung.
„Ich kann mir kaum vorstellen, daß sie meine Tochter ist. Ich dachte, sie würde mit ihrer Mutter zurückkommen, und dann schrieb sie und sagte mir, daß sie verlobt sei."
Er sah jetzt weg, und mir schien eine eigentümliche Verlegenheit in seinen herabgezogenen Mundwinkeln zu liegen.
„Ich vermute, man wird hier selbstsüchtig; ich fühlte mich schrecklich verwundet, aber ich gab ein großes Dinner all den Burschen hier an dem Tag, als sie heiratete, und wir waren alle betrunken."

Er lachte entschuldigend.
„Ich brauchte es, wissen Sie", sagte er verlegen, „ich war in so schrecklicher übler Laune."
„Wie ist der junge Mann?" fragte ich.
„Sie ist schrecklich verliebt in ihn. Wenn sie mir schreibt, ist in ihren Briefen von nichts anderem die Rede." Ein seltsames Zittern war in seiner Stimme.
„Es ist ein bißchen hart, ein Kind auf die Welt zu setzen, es aufzuziehen und es gern zu haben und all das, nur für irgendeinen Mann, den man niemals gesehen hat. Irgendwo habe ich seine Fotografie, ich weiß nicht wo. Ich glaube nicht, daß ich ihn sehr gern hätte."
Er schenkte sich einen neuen Whisky ein. Er war müde. Er sah alt und aufgeschwemmt aus. Lange sagte er nichts, und dann schien er sich plötzlich aufzuraffen.
„Nun, Gott sei's gedankt, ihre Mutter kommt jetzt bald."
Ich glaube nicht, daß er ein ganz normaler Mann war, letzten Endes.

XLV

Der alte Mann

Er war jetzt sechsundsiebzig Jahre alt. Als er fast noch ein Junge gewesen, war er auf einem Segelschiff als zweiter Maat nach China gekommen, und er war dann niemals mehr nach Hause gegangen. Seit damals hatte er die verschiedensten Berufe gehabt. Jahrelang hatte er ein chinesisches Boot befehligt, das von Schanghai nach Ichang fuhr, und er kannte jeden Zoll des großen und schrecklichen Jangtse auswendig. Er war Schlepperführer in Hongkong gewesen und hatte in der Immersiegreichen Armee ge= kämpft. Bei den Boxeraufständen hatte er große Beute ge= macht, und dann war er, während der Revolution, in Han= kow gewesen, als die Rebellen die Stadt bombardierten. Er war dreimal verheiratet gewesen, zuerst mit einer Japanerin, dann mit einer Chinesin und schließlich, als er schon hoch in den Fünfzigern war, mit einer Engländerin. Sie waren jetzt alle tot, und die Japanerin war ihm in Erinnerung ge= blieben. Er erzählte einem, wie sie zu Hause in Schanghai die Blumen ordnete, nur eine Chrysantheme oder einen kleinen Kirschblütenzweig in einer Vase, und er erinnerte sich immer noch daran, wie sie die Teeschale hielt, mit bei= den Händen, zart. Er hatte viele Kinder, aber er interessierte sich nicht für sie. Sie wohnten in verschiedenen Häfen Chi= nas, arbeiteten in Banken oder Schiffsagenturen, und er sah sie nur selten. Er war stolz auf seine Tochter, die er von seiner englischen Frau hatte, das einzige Mädchen, das er je bekommen hatte, aber sie hatte eine gute Partie gemacht und war nach England gegangen. Er würde sie nie wieder= sehen. Der einzige Mensch jetzt, für den er etwas Zu= neigung hatte, war der Boy, der seit fünfundvierzig Jahren bei ihm war. Es war ein kleiner, eingeschrumpfter Chinese mit einer Glatze, langsam in seinen Bewegungen, und ernst. Er war gut über sechzig. Sie zankten unaufhörlich. Der alte Mann erklärte dem Boy, daß er für die Arbeit nicht mehr tauge und er ihn loswerden müsse, und dann erklärte der Boy ihm, daß er es leid sei, einen wahnsinnigen ausländi= schen Teufel zu bedienen. Aber jeder wußte, daß der andere kein Wort von dem meinte, was er sagte. Sie waren alte

Freunde, beide hoch in den Jahren, und sie würden zu=
sammenbleiben, bis der Tod sie trennte.

Damals, als er seine Engländerin heiratete, hatte er sich vom
Wasser zurückgezogen und seine Ersparnisse in ein Hotel
gesteckt. Doch es wurde kein Erfolg. Es lag ein wenig von
Schanghai entfernt, eine Zuflucht für den Sommer, und es
war in der Zeit, bevor es Autos in China gab. Er war ge=
sellig, und er verbrachte zu viel Zeit in der Bar. Er war
großzügig und gab ebenso viele Drinks aus, wie bezahlt
wurden. Außerdem hatte er die eigentümliche Angewohn=
heit, im Badezimmer zu spucken, und die empfindlicheren
seiner Besucher protestierten dagegen. Als seine letzte Frau
starb, fand er heraus, daß sie es gewesen war, die die
Dinge in Gang gehalten hatte, und nach kurzer Zeit konnte
er den Schwierigkeiten der Verhältnisse nicht länger stand=
halten. All seine Ersparnisse waren für den Ankauf des
Hauses, das jetzt schwer mit Hypotheken belastet war, und
zum Ausgleich des jährlichen Defizits draufgegangen. Er
war gezwungen, an einen Japaner zu verkaufen. Nachdem
er seine Schulden bezahlt hatte, stand er im Alter von acht=
undsechzig Jahren ohne einen Pfennig da. Aber, bei Gott,
er war doch ein Seemann! Eine der Schiffahrtslinien, die den
Jangtse befuhr, gab ihm den Posten eines Ersten Offiziers
— er hatte kein Kapitänspatent —, und er kehrte zu dem
Fluß zurück, den er so gut kannte. Acht Jahre war er auf
derselben Linie gefahren.

Und jetzt stand er auf der Brücke seines schwankenden
kleinen Schiffs, das nicht einmal so groß war wie ein
Pfennigdampfer auf der Themse, eine stattliche Erschei=
nung, aufrecht und schlank, als sei er immer noch ein Jüng=
ling, in einer sauberen blauen Uniform, die Mütze der

Gesellschaft lustig auf dem weißen Haar, den Spitzbart säuberlich geschnitten. Sechsundsiebzig Jahre alt. Das ist ein hohes Alter. Den Kopf zurückgeworfen, sein Fernglas in der Hand, an seiner Seite den chinesischen Steuermann, so beobachtete er den sich weit dehnenden, gewundenen Fluß. Eine Flotte Dschunken mit hohem Heck und viereckigen Segeln fuhr mit der schnellen Strömung flußab, und die Ruderer sangen zu ihrer Arbeit an den knarrenden Riemen ein eintöniges Lied. Das gelbe Wasser war schön in der untergehenden Sonne, in seiner blassen, zarten Färbung, es war glatt wie ein Spiegel; und längs der flachen Ufer standen die Bäume und die Hütten schmutziger Dörfer, dunstig in der Hitze des Tags, jetzt wie scharfgeschnittene Silhouetten gegen den blassen Himmel. Er hob den Kopf, als er den Schrei der Wildgänse hörte, die in einem großen V über ihm zu fernen Ländern flogen, die er nicht kannte. In der Ferne hob sich ein einsamer Hügel, gekrönt von Tempeln, gegen die Sonne. Weil er das alles so oft gesehen hatte, berührte es ihn seltsam. Der schwindende Tag ließ ihn, warum wußte er nicht, an seine lange Vergangenheit denken und an sein hohes Alter. Er bereute nichts. „Bei Georg", murmelte er, „ich hatte ein schönes Leben."

XLVI

Die Ebene

Der Anlaß war natürlich vollkommen trivial, und er könnte sehr leicht erklärt werden; aber ich war doch überrascht, daß die Augen des Geistes mich so vollkommen blind machen konnten für das, was meinem sinnlichen Auge sichtbar war. Ich war bestürzt, als ich entdeckte, wie völlig man den Gesetzen der Assoziation preisgegeben ist. Tag für Tag war ich durch das Hochland gewandert, und heute wußte ich, daß ich zu der großen Ebene kommen mußte, in der die alte Stadt lag, zu der ich unterwegs war; aber als ich am Morgen aufbrach, gab es kein Anzeichen dafür, daß ich mich ihr näherte. Die Berge schienen tatsächlich kein Ende zu nehmen, und wenn ich den Gipfel des einen erreichte und glaubte, daß ich jetzt unter mir das Tal sehen würde, so war es nur, um vor mir einen noch steileren und höheren zu sehen. Jenseits sah ich den weißen Pfad, dem ich so lange gefolgt war, wie er stetig anstieg und in der Sonne flimmerte, den Rand eines schroffen, lohfarbenen Berges säumend. Der Himmel war blau, und hier und da im Westen hingen kleine Wolken wie Fischerboote, die gen Abend in der Höhe von Kap Dungeness in der Windstille lagen. Ich ging weiter, immer steigend, in Erwartung der Aussicht, die vor mir liegen würde, wenn nicht nach dieser Krümmung, dann nach der nächsten, und dann, plötzlich, als ich gerade an andere Dinge dachte, stieß ich darauf.

Aber es war keine chinesische Landschaft, die ich da sah, mit Reisfeldern, Gedächtnisbögen und phantastischen Tempeln, mit Bauernhäusern, die in einem Bambushain stehen, und Herbergen am Weg, wo sich die armen Kulis unter Maulbeerbäumen von ihren ermüdenden Lasten ausruhen können; es war das Rheintal, die weite Ebene ganz vergoldet im Sonnenuntergang, das Rheintal mit seinem Fluß, ein silberner Streifen, der es durchlief, und den Türmen von Worms in der Ferne; es war die große Ebene, auf der meine jungen Augen geruht hatten, als ich, Student damals in Heidelberg, nach langer Wanderung über die tannenbestandenen Höhen über der alten Stadt, eine Lichtung erreichte. Und weil ich mir da zum erstenmal der Schönheit bewußt wurde; weil ich da zum erstenmal die Glut kennenlernte, die einen erfüllt, wenn man Wissen erwirbt (jedes Buch, das ich las, war ein beispielloses Abenteuer); weil ich da zum erstenmal die Köstlichkeiten des Gesprächs erfuhr (oh, diese wundervollen Gemeinplätze, die jeder Jüngling entdeckt, als hätte sie niemand zuvor entdeckt); weil ich da morgens in den sonnigen Anlagen herumstreifte, wegen des Kuchens und Kaffees, der meine genügsame Jugend am Ende eines anstrengenden Marsches erfrischte, wegen der geruhsamen Abende auf der Schloßterrasse mit dem rauchigen blauen Dunst über den schrägen Dächern der alten Stadt, die zu meinen Füßen lag; Goethes und Heines wegen, Beethovens und Wagners und — warum denn nicht? — der Walzer von Strauß wegen, und wegen des Biergartens, wo die Kapelle spielte und Mädchen mit blonden Zöpfen anmutig promenierten —: Wegen all dieser Dinge, Erinnerungen, die die ganze Kraft der sinnlichen Wahrnehmung besitzen, bedeutet für mich das Wort Ebene nicht nur überall und ausschließlich das Rheintal, sondern auch das einzige Symbol für Glück, das ich kenne: eine weite Landschaft, vergoldet von der untergehenden Sonne, mit einem schimmernden Fluß, der sie silbern durchfließt wie der Pfad des Lebens oder wie das Ideal, das dich durch das Leben geleitet, und weit in der Ferne die grauen Türme einer alten Stadt.

XLVII

Bankrott

Ein kleiner Mann, stattlich, mit einem phantastischen Hut wie ein Strauchdieb, mit einer riesigen Krempe, einer Bordjacke, wie man sie auf Leechs Bildern von Seefahrern sieht, und sehr weiten, karierten Hosen in einem Schnitt, der weiß der Himmel vor wie vielen Jahren modern war. Wenn er seinen Hut abnimmt, sieht man einen schönen Kopf mit langem, gelocktem Haar, und obgleich er sich den Sechzigern nähert, ist es kaum grau. Seine Züge sind regelmäßig. Er trägt einen Kragen, der mehrere Größen zu weit für ihn ist, so daß sein ganzer Nacken, massig und starr, zu sehen ist. Er hat das Aussehen eines römischen Kaisers in einer Tragödie der sechziger Jahre, und dieses Air eines Schauspielers der alten Schule wird noch erhöht durch seine tiefe, dröhnende Stimme. Sein kurzer Bau macht sie ein wenig albern. Man kann sich ihn vorstellen, wie er die reimlosen Verse von Sheridan Knowles deklamiert, mit einem Nachdruck, der das Parterre zur Raserei bringt, und wenn er einen grüßt, mit einer zu weit ausholenden Bewe-

gung, ahnt man, wie sein tönendes Organ gebebt haben würde, wenn er 1860 unser Herz mit dem Tod seines Kin=
des bekümmert hätte. Es war prächtig, ihn ein wenig später den chinesischen Diener bitten zu hören „meine Stiefel, Boy, meine Stiefel, ein Königreich für meine Stiefel". Er gab zu, daß er Schauspieler hätte werden müssen.
„Sein oder Nichtsein, das war die Frage, aber meine Fa= milie, meine Familie, mein Lieber, sie wäre vor Schande ge= storben, und so wurde ich den Pfeilen und Schleudern des wütenden Geschicks ausgeliefert."
Kurz, er kam nach China als Teeschmecker. Aber er kam, als der Ceylontee den chinesischen schon vertrieb, und es für den Kaufmann nicht länger möglich war, sich in wenigen Jahren zu bereichern. Aber die alte Verschwendung dauerte fort, und das Leben wurde in großem Stil geführt, auch als die Mittel, es zu bezahlen, nicht mehr vorhanden waren. Der Kampf wurde härter. Schließlich kam der chinesisch= japanische Krieg und, mit dem Verlust von Formosa, der Ruin. Der Teeschmecker sah sich nach anderen Möglichkeiten des Lebensunterhalts um. Er wurde Weinhändler, Leichen= bestatter, Grundstücksmakler, Trödler, Auktionator. Er ver= suchte jeden Weg, Geld zu machen, den ihm seine glühende Phantasie eingab, aber beim abnehmenden Wohlstand des Hafens waren seine Bemühungen nutzlos.
Das Leben war zu viel für ihn. Und jetzt endlich hatte er das bemitleidenswerte Aussehen eines gebrochenen Man= nes; es lag sogar etwas Rührendes darin, wie in dem Flehen einer Frau, die nicht an den Verlust ihrer Schönheit glauben kann und um die Schmeichelei bettelt, die sie beruhigt, aber nicht länger überzeugt. Und doch, er hatte dennoch einen Trost: Er hatte noch immer eine großartige Überzeugung;

er war ein Versager, und er wußte es; aber es berührte ihn nicht wirklich, denn er war das Opfer des Schicksals: Nie= mals war der Schatten eines Zweifels an seinen eigenen Fähigkeiten ihm in den Sinn gekommen.

XLVIII

Der Theaterwissenschaftler

Er ließ eine hübsche Karte in der korrekten Form und Größe überreichen, mit breitem schwarzem Rand, und unter seinem Namen stand *Professor für vergleichende moderne Literatur.* Es stellte sich heraus, daß er ein junger Mann war, klein, mit schlanken, feinen Händen, einer größeren Nase, als man sie in der Regel bei Chinesen findet, und mit einer goldgeränderten Brille. Obgleich es ein warmer Tag war, trug er, europäisch gekleidet, einen schweren Tweed= anzug. Er schien ein wenig scheu. Er sprach in hohem Falsett, als habe er nie einen Stimmbruch gehabt, und diese schril= len Töne gaben ich weiß nicht was für ein Gefühl der Un= wirklichkeit seinem Gespräch gegenüber. Er hatte in Genf und Paris, Berlin und Wien studiert, und er drückte sich fließend in Englisch, Französisch und Deutsch aus.
Es stellte sich heraus, daß er Vorlesungen über das Drama hielt, und kürzlich hatte er, in französischer Sprache, ein Werk über das chinesische Theater geschrieben. Seine Stu= dien im Ausland hatten bei ihm eine überraschende Begei= sterung für Scribe hinterlassen, und dies war das Vorbild, das er zur Erneuerung des chinesischen Dramas vorschlug. Es war kurios, ihn die Forderung erheben zu hören, das

Drama solle aufregend sein. Er verlangte das Pièce bien faite, die Scène à faire, den Vorhang, das Unerwartete, das Dramatische. Das chinesische Theater war mit seinen ausgeklügelten Symbolen das gewesen, wonach wir immer geschrieen hatten, das Ideentheater, und augenscheinlich war es an seiner Schwerfälligkeit gestorben. Es stimmt schon, daß Ideen nicht an jedem Stachelbeerstrauch wachsen, sie müssen neu sein, wenn sie schmecken sollen, wenn sie abgestanden sind, stinken sie ebenso schlecht wie ein alter Fisch.

Aber dann erinnerte ich mich des Aufdrucks der Karte und fragte meinen Freund, welche Bücher, englische oder französische, er seinen Studenten zur Lektüre empfehle, um sie mit der gegenwärtigen Literatur vertraut zu machen. Er überlegte ein bißchen. „Ich weiß wirklich nicht", sagte er endlich; „sehen Sie, das ist nicht mein Fach, ich habe nur mit dem Drama zu tun, aber wenn es Sie interessiert, will ich meinen Kollegen, der über europäische Literatur liest, bitten, Sie aufzusuchen."

„Ich bitte um Verzeihung", sagte ich.

„Haben sie *Les Avariés* gelesen?" fragte er. „Ich halte es für das beste Stück, das seit Scribe in Europa geschaffen wurde."

„Glauben Sie?" sagte ich höflich.

„Ja, unsere Studenten sind nämlich an sozialen Fragen höchst interessiert."

Mein Pech, daß ich es nicht bin, und so geschickt wie möglich brachte ich deshalb die Rede auf die chinesische Philosophie, die ich unzusammenhängend las. Ich erwähnte Chuang-Tsu. Des Professors Kiefer fiel herunter.

„Er lebte vor sehr langer Zeit", sagte er perplex.

„Aristoteles auch", murmelte ich freundlich.
„Ich habe die Philosophen nie studiert", sagte er, „aber natürlich haben wir auf unserer Universität einen Professor für chinesische Philosophie, und falls Sie interessiert sind, will ich ihn gerne bitten, Sie aufzusuchen."
Es ist nutzlos, mit einem Pädagogen zu streiten, wie der Geist des Ozeans (meiner Ansicht nach einigermaßen sagenhaft) zum Geist des Flusses bemerkte, und ich ergab mich darein, über das Drama zu diskutieren. Mein Professor war sehr an seiner Technik interessiert und bereitete tatsächlich eine Reihe von Vorlesungen über diesen Gegenstand vor, den er gleicherweise für verwickelt und schwerverständlich zu halten schien. Er schmeichelte mir, indem er mich nach den Geheimnissen des Handwerks fragte.
„Ich kenne nur zwei", antwortete ich, „das eine, man muß gesunden Menschenverstand besitzen, das zweite, man muß bei der Sache bleiben."
„Braucht es nicht mehr als das, ein Stück zu schreiben?" fragte er mit einem Anflug von Bestürzung in der Stimme.
„Man braucht eine gewisse Geschicklichkeit", gab ich zu, „aber nicht mehr als zum Billardspiel."
„An allen bedeutenden Universitäten Amerikas wird über die Technik des Dramas gelesen", sagte er.
„Die Amerikaner sind ein äußerst praktisches Volk", antwortete ich. „Ich glaube, Harvard ist dabei, einen Lehrstuhl einzurichten, um Großmütter zu instruieren, wie man Eier austrinkt."
„Ich glaube, ich verstehe Sie nicht richtig."
„Wenn Sie kein Stück schreiben können, dann kann es Ihnen auch niemand beibringen, und wenn Sie es können, dann ist es so leicht wie von einem Baum zu fallen."

Sein Gesicht drückte jetzt eine lebhafte Verlegenheit aus, aber ich glaube nur deshalb, weil er sich nicht darüber klar= werden konnte, ob dieses Verfahren in das Gebiet des Phy= sikprofessors oder das des Professors für Angewandte Me= chanik gehörte.

„Aber wenn es so leicht ist, ein Stück zu schreiben, warum brauchen dann die Dramatiker so lange dazu?"

„Wissen Sie, sie brauchten gar nicht lange. Lope de Vega und Shakespeare und hundert andere schrieben viel und mit Leichtigkeit. Einige moderne Stückeschreiber sind gänzlich ungebildete Menschen gewesen und haben es für eine fast unüberwindliche Schwierigkeit gehalten, zwei Sätze zusam= menzubringen. Ein berühmter englischer Dramatiker zeigte mir einmal ein Manuskript, und ich sah, daß er die Frage: ‚Möchten Sie Zucker im Tee?' fünfmal niedergeschrieben hatte, bevor er sie in diese Form bringen konnte. Ein Romanschreiber würde verhungern, wenn er nicht bündig sagen könnte, was er wollte, ohne lange um den Brei her= umzugehen."

„Sie wollen Ibsen sicher keinen ungebildeten Menschen nennen, und doch ist allgemein bekannt, daß er zwei Jahre brauchte, um ein Stück zu schreiben."

„Es ist allgemein bekannt, daß es Ibsen erstaunlich schwer= fiel, eine Handlung auszudenken. Wütend zerbrach er sich den Kopf darüber, monatelang, und schließlich verwendete er in seiner Verzweiflung, was er auch zuvor verwendet hatte."

„Was meinen Sie?" rief der Professor aus. Seine Stimme erhob sich zu einem schrillen Kreischen. „Ich verstehe über= haupt nicht."

„Haben Sie nicht bemerkt, daß Ibsen dieselbe Handlung

wieder und wieder verwendet? Eine Anzahl Menschen leben in einem verschlossenen und dumpfen Zimmer, dann kommt irgend jemand (aus den Bergen oder über das Meer) und stößt die Fenster auf. Alle verkühlen sich den Kopf, und der Vorhang fällt."
Ich hielt es eigentlich für durchaus möglich, daß jetzt der Anflug eines Lächelns das feierlich-ernste Gesicht des Pro= fessors erhellen würde, aber er runzelte die Stirn und starrte zwei Minuten lang in die Ferne. Dann erhob er sich.
„Ich werde die Werke Henrik Ibsens noch einmal unter die= sem Gesichtspunkt durchgehen", sagte er.
Bevor er ging, versäumte ich nicht, ihm die Frage zu stellen, die ein ernsthafter Theaterwissenschaftler immer einem an= deren stellen wird, wenn sie einander zufällig begegnen. Ich fragte ihn nämlich, was seiner Meinung nach die Zukunft des Theaters sei. Ich hatte den Eindruck, daß er O hell! ge= sagt habe, aber bei näherem Überlegen glaube ich, daß sein Ausruf O ciel! gewesen sein muß. Er seufzte, er schüttelte den Kopf, er hob seine zierlichen Hände; er bot ein Bild der Niedergeschlagenheit. Es war ganz gewiß beruhigend zu sehn, daß alle denkenden Menschen den Zustand des Dra= mas in China für nicht weniger verzweifelt hielten, als es alle denkenden Menschen in England tun.

XLIX

Der Taipan

Daß er ein bedeutender Mann war, wußte niemand besser als er selbst. Er war Nummer Eins in der nicht wenig be= deutenden Filiale der bedeutendsten englischen Firmen in China. Er hatte durch seine soliden Fähigkeiten Karriere ge= macht, und mit einem nachsichtigen Lächeln sah er zurück auf den unreifen Kontoristen, der vor dreißig Jahren nach China gekommen war. Wenn er sich des bescheidenen Zu= hauses erinnerte, aus dem er kam, ein kleines rotes Haus in einer langen Reihe anderer kleiner roter Häuser, in Bar= nes, einer Vorstadt, die verzweifelt nach Vornehmheit strebte, aber nur eine trübe Melancholie zustande brachte, und es dann verglich mit dem prächtigen steinernen Haus, mit sei= nen großen Veranden und seinen geräumigen Zimmern, das zugleich Büro der Gesellschaft und sein eigener Wohnsitz war, dann kicherte er befriedigt. Seit damals war er weit gekommen. Er dachte an den Tee, zu dem er sich hingesetzt hatte, wenn er aus der Schule kam — er war auf St. Paul —, zusammen mit Vater und Mutter und seinen zwei Schwe= stern, eine Scheibe kaltes Fleisch, viel Brot und Butter und viel Milch im Tee, jeder sich selbst bedienend, und dann dachte er an die Art, wie er heute sein Abendbrot aß. Er zog sich immer um, und ob allein oder nicht, er verlangte, daß die drei Boys bei Tisch aufwarteten. Sein erster Boy wußte genau, was er mochte, und niemals brauchte er sich selbst mit der Last der Haushaltsführung zu befassen; aber er hatte immer ein vollständiges Dinner, mit Suppe und Fisch, Vorspeise, Braten, Süßspeise und Dessert, so daß, wann immer er im letzten Augenblick jemanden einladen wollte, er es tun konnte. Er liebte sein Essen, und er sah nicht ein, warum er allein weniger gut essen sollte, als wenn er einen Gast hatte.

Er hatte es in der Tat weit gebracht. Und aus diesem Grunde legte er jetzt keinen Wert darauf, nach Hause zu gehen; zehn Jahre war er jetzt nicht in England gewesen, und er verbrachte seinen Urlaub in Japan oder Vancouver, wo er sicher sein konnte, alte Freunde von den chinesischen Gestaden zu treffen. Zu Hause kannte er niemand. Seine Schwestern hatten ihrem Stand gemäß geheiratet, ihre Männer waren Angestellte, und ihre Söhne waren auch Angestellte, nichts verband ihn mit ihnen, sie langweilten ihn. Er erfüllte die Forderungen der Verwandtschaft, indem er ihnen alle Weihnacht ein Stück kostbare Seide, eine wertvolle Stickerei oder eine Büchse Tee schickte. Er war kein Geizkragen, und solange seine Mutter lebte, hatte er ihr eine feste Summe ausgesetzt. Aber wenn es dann Zeit für ihn sein würde, sich zur Ruhe zu setzen, hatte er gar keine Neigung, nach England zurückzukehren, er hatte zu viele Männer gesehen, die das taten, und er wußte, daß es oft genug ein Fiasko war; vielmehr beabsichtigte er, sich in Schanghai in der Nähe des Rennplatzes ein Haus zu nehmen: Mit Bridge, seinen Ponys und mit Hilfe des Golfspiels erwartete er, den Rest seines Lebens recht angenehm zu verbringen. Aber er hatte noch eine hübsche Anzahl Jahre vor sich, bevor er daran denken mußte, sich zurückzuziehen. In fünf oder sechs Jahren würde Higgins nach

England zurückkehren, und dann würde er das Hauptbüro in Schanghai übernehmen. In der Zwischenzeit war er ganz glücklich da, wo er war; er konnte Geld auf die Seite legen, was man in Schanghai nicht konnte, und hatte eine schöne Zeit noch obendrein. Und dieser Ort hatte Schanghai gegenüber noch einen anderen Vorteil: er war der prominenteste Mann der Gemeinde, und was er sagte, geschah. Sogar der Konsul legte Wert darauf, bei ihm einen Stein im Brett zu haben. Einmal hatten ein Konsul und er sich in den Haaren gelegen, und nicht er hatte den Kürzeren gezogen. Der Taipan schob kampfeslustig das Kinn vor, als er dieses Vorfalls gedachte.

Aber er lächelte, denn er war in ausgezeichneter Laune. Er war dabei, zu seinem Büro zurückzugehen, nachdem er in der Hongkong-und-Schanghai-Bank bei einem vortrefflichen Essen gewesen war. Sie traktierten einen dort glänzend. Das Essen war erstklassig, und es gab eine Menge zu trinken. Er hatte mit ein paar Cocktails begonnen, dann kam ein vorzüglicher Sauterne, und mit zwei Glas Port und einem guten alten Kognak hatte er aufgehört. Er fühlte sich wohl. Und als er dann ging, tat er etwas, was bei ihm selten war: er ging zu Fuß. Seine Träger mit der Sänfte blieben ein paar Schritte hinter ihm für den Fall, daß er doch noch die Sänfte besteigen wollte, aber es machte ihm Spaß, sich die Beine zu vertreten. Er hatte zur Zeit nicht genug Bewegung. Da er jetzt zu schwer war zum Reiten, war es ein bißchen schwierig, sich Bewegung zu verschaffen. Aber wenn er auch zu schwer zum Reiten war, so konnte er sich doch immer noch Ponys halten, und wie er so in der milden Luft dahinschlenderte, dachte er an das Treffen im Frühling. Er hatte zwei Neulinge, auf die er Hoffnungen setzte, und ein Bursche in seinem Büro hatte sich als guter Jockey entpuppt (er mußte achtgeben, daß sie ihm den nicht entführten, der alte Higgins in Schanghai würde einen ganzen Topf Geld dafür geben, ihn dorthinzubekommen), und er sollte wohl zwei oder drei Rennen gewinnen kön= nen. Er schmeichelte sich, daß er den besten Stall in der Stadt hatte. Er plusterte seine breite Brust wie ein Täube= rich. Es war ein herrlicher Tag, und es war gut, am Leben zu sein.

Als er zum Friedhof kam, unterbrach er seinen Weg. Da lag er, sauber und ordentlich, ein sichtbares Zeichen für die Wohlhabenheit der Gemeinde. Er ging niemals ohne einen kleinen Funken Stolz an diesem Friedhof vorüber. Er war froh, ein Engländer zu sein. Denn der Friedhof lag auf einer Stelle, die wertlos war, als man sie ausgewählt hatte, aber mit dem zunehmenden Reichtum der Stadt war sie heute eine Menge Geld wert. Es war vorgeschlagen worden, die Gräber auf einen anderen Platz zu verlegen, und dieses Land als Bauland zu verkaufen, aber die Gemeinde war da= gegen gewesen. Es schenkte dem Taipan ein Gefühl der Be= friedigung, wenn er daran dachte, daß die Toten auf dem teuersten Platz der Insel ruhten. Es zeigte, daß es Dinge gab, auf die man mehr Wert legte als auf Geld. Zum Teufel mit dem Geld! Wenn die Dinge zur Sprache kamen, die „wirklich zählten", eine bevorzugte Redewendung des Tai= pans, nun, dann erinnerte man sich, daß Geld nicht alles war.

Und jetzt gedachte er einen Spaziergang über den Friedhof zu machen. Er betrachtete die Gräber. Sie waren sauber ge= pflegt, und die Fußwege waren frei von Unkraut. Es war ein Bild des Wohlstandes. Und wie er so dahinschlenderte, las er die Namen auf den Grabsteinen. Hier lagen drei nebeneinander: der Kapitän, der erste und der zweite Maat der *Mary Baxter*, die zusammen im Taifun von 1908 untergegangen waren. Er erinnerte sich gut daran. Da war eine kleine Gruppe, zwei Missionare mit ihren Frauen und Kindern, die während des Boxeraufstandes umgebracht worden waren. Eine widerliche Geschichte! Nicht daß er sich viel aus Missionaren gemacht hätte, aber, zum Teufel, man konnte den verdammten Chinesen doch nicht erlauben, sie umzubringen! Dann kam er zu einem Kreuz mit einem Namen, den er kannte. Ein guter Kerl, dieser Edward Mulock, aber er konnte den Schnaps nicht vertragen, trank sich zu Tode, armer Teufel, mit fünfundzwanzig. Der Taipan kannte viele, denen es ebenso gegangen war; da waren noch einige andere zierliche Kreuze, auf denen der Name eines Mannes stand und das Alter, fünfundzwanzig, sechsundzwanzig oder siebenundzwanzig; es war immer die gleiche Geschichte: sie waren nach China gekommen; sie hatten niemals zuvor so viel Geld gesehen, sie waren umgängliche Burschen, und sie wollten mit den andern trinken, sie konnten es nicht aushalten, und jetzt lagen sie da auf dem Friedhof. Man brauchte einen harten Schädel und eine kräftige Konstitution, um Drink auf Drink an den chinesischen Gestaden zu trinken. Natürlich war es sehr traurig, aber der Taipan mußte beinahe lächeln, wenn er daran dachte, wie viele von diesen jungen Burschen er unter die Erde getrunken hatte. Und hier war ein Tod, der ihm nützlich gewesen war: ein Bursche aus seiner eigenen Firma, älter als er und ein kluger Kopf dazu, wenn dieser Bursche am Leben geblieben wäre, dann wäre er vielleicht jetzt nicht Taipan. Sicherlich, die Wege des Schicksals sind unerforschlich.

A ja, und hier ruhte die kleine Mrs. Turner, Violet Turner, sie war ein hübsches kleines Ding gewesen, es war eine große Sache gewesen zwischen ihnen; er war verdammt fertig gewesen, als sie starb. Er sah auf dem Grabstein nach ihrem Alter. Sie wäre kein Hühnchen mehr, wenn sie noch lebte. Und während er all dieser Toten gedachte, erfüllte ihn Befriedigung. Er hatte sie alle geschlagen. Sie waren tot, und er lebte, und, bei Georg, er hatte über sie triumphiert. In einem einzigen Bild versammelten seine Augen all diese Grabreihen, und er lächelte verächtlich. Fast rieb er sich die Hände.

„Niemand hat jemals geglaubt, daß ich ein Dummkopf wäre", murmelte er.

Er fühlte eine gutmütige Verachtung für die schnatternden Toten. Dann, als er weiterschlenderte, stieß er plötzlich auf zwei Kulis, die ein Grab aushoben. Er war erstaunt, denn er hatte nicht gehört, daß jemand aus der Gemeinde gestorben war.

„Für wen zum Teufel ist das?" sagte er laut.

Die Kulis blickten nicht einmal zu ihm auf; sie fuhren mit ihrer Arbeit fort, standen im Grab, tief schon, und schaufelten schwere Erdklumpen heraus. Obgleich er so lange in China war, konnte er nicht Chinesisch, zu seiner Zeit hielt man es nicht für nötig, diese verdammte Sprache zu lernen, und er fragte die Kulis auf englisch, wessen Grab sie da gruben. Sie verstanden nicht. Sie antworteten ihm chinesisch, und er verwünschte sie als unwissende Dummköpfe. Er wußte, daß Mrs. Brooms Kind krank war, und es mochte gestorben sein, aber sicherlich hätte er davon gehört, und außerdem war es kein Kindergrab, es war das für einen erwachsenen Menschen, und einen großen Menschen dazu. Es

war zu dumm. Er wünschte, er wäre nicht auf diesen Fried=
hof gegangen, er eilte davon und bestieg seine Sänfte. Seine
gute Laune war jetzt verflogen, und auf seinem Gesicht lag
eine mürrische Finsternis. Sobald er wieder in seinem Büro
war, rief er nach seiner Nummer Zwei:
„Peters, wer ist gestorben, wissen Sie es?"
Aber Peters wußte nichts. Der Taipan war verwirrt. Er rief
einen der eingeborenen Schreiber und schickte ihn zum
Friedhof, um die Kulis zu fragen. Er begann seine Briefe zu
unterschreiben. Der Schreiber kam zurück und berichtete,
die Kulis seien fort, und es sei niemand mehr dort, den er
habe fragen können. Der Taipan fühlte sich auf eine un=
bestimmte Art beunruhigt: er mochte es nicht, wenn Dinge
geschahen, von denen er nichts wußte. Sein eigener Boy
würde Bescheid wissen, sein Boy wußte immer alles, und er
schickte nach ihm. Aber der Boy hatte von keinem Todesfall
in der Gemeinde gehört.
„Ich weiß, daß niemand gestorben ist", sagte der Taipan
gereizt, „aber für wen ist dann das Grab?"
Er trug dem Boy auf, zum Friedhofsaufseher zu gehen und
herauszubekommen, warum zum Teufel er ein Grab hatte
ausheben lassen, wenn niemand gestorben war.
„Bring mir einen Whisky-Soda, bevor du gehst", fügte er
hinzu, als der Boy das Zimmer verlassen wollte.
Er konnte nicht sagen, warum der Anblick des Grabes ihm
Unbehagen verursachte. Aber er versuchte, ihn aus seinem
Kopf zu verscheuchen. Als er seinen Whisky getrunken
hatte, fühlte er sich besser, und er brachte seine Arbeit zu
Ende. Er ging die Treppe hinauf und blätterte im *Punch*. In
ein paar Minuten würde er in den Club gehen und vor dem
Essen noch einen oder zwei Rubber Bridge spielen. Aber es

würde ihn erleichtern, erst seinen Boy zu hören, und so wartete er auf seine Rückkehr. Nach kurzer Zeit kam der Boy zurück und brachte den Aufseher mit.
„Wozu lassen Sie ein Grab ausheben?" fragte er den Aufseher geradeheraus. „Niemand ist gestorben."
„Ich nicht habe Grab ausheben", sagte der Mann.
„Was zum Teufel wollen Sie damit sagen? Heute nachmittag haben zwei Kulis ein Grab geschaufelt."
Die beiden Chinesen sahen sich an. Dann sagte der Boy, sie seien zusammen auf dem Friedhof gewesen. Da sei kein neues Grab.
Der Taipan hielt sich gerade noch zurück.
Verdammt noch mal, ich habe es doch selbst gesehen! das waren die Worte, die ihm auf der Zunge lagen.
Aber er sprach sie nicht aus. Als er sie hinunterschluckte, wurde er sehr rot. Die beiden Chinesen betrachteten ihn mit ihren unbewegten Augen. Einen Augenblick lang stockte ihm der Atem.
„In Ordnung. Geht", keuchte er.
Aber sobald sie gegangen waren, rief er wieder nach dem Boy, und als er kam, zum Rasendmachen teilnahmslos, befahl er ihm, Whisky zu bringen. Er rieb sein schweißbedecktes Gesicht mit dem Taschentuch ab. Als er das Glas an die Lippen hob, zitterte seine Hand.
Sie mochten sagen, was sie wollten, er hatte das Grab gesehen. Was bedeutete es? Er konnte seinen Herzschlag spüren. Er fühlte sich seltsam unwohl. Aber er nahm sich zusammen. Wenn kein Grab dawar, dann mußte er eine Halluzination gehabt haben. Das beste, was er tun konnte, war, zum Club zu gehen, und wenn er den Arzt treffen würde, könnte er ihn bitten, ihn zu untersuchen.

Jeder im Club sah so aus wie immer. Er wußte nicht, warum er erwartet hatte, daß sie anders aussähen. Es war ein Trost. Diese Männer, die seit vielen Jahren ein Leben miteinander führten, das genau geregelt war, hatten eine Menge kleiner Idiosynkrasien entwickelt — einer summte unaufhörlich vor sich hin, wenn er Bridge spielte, ein anderer bestand darauf, sein Bier durch einen Strohhalm zu trinken —, und diese Eigenheiten, die den Taipan oft gereizt hatten, gaben ihm jetzt ein Gefühl der Sicherheit. Er brauchte es, denn er konnte den seltsamen Anblick, den er gesehen hatte, nicht aus dem Kopf bekommen. Er spielte sehr schlecht Bridge heute, sein Partner tadelte ihn, und der Taipan verlor die Nerven. Er fand, daß die Männer ihn komisch ansahen. Er überlegte, was sie so Ungewohntes an ihm bemerken konnten.

Plötzlich fühlte er, daß er es nicht ertragen könnte, länger im Club zu bleiben. Als er ging, sah er den Arzt im Lesezimmer die *Times* lesen, aber er brachte es nicht über sich, ihn anzusprechen. Er wollte selbst sehen, ob das Grab da war, er stieg in seine Sänfte und trug den Trägern auf, ihn zum Friedhof zu bringen. Man kann eine Halluzination nicht zweimal haben, nicht wahr? Und außerdem würde er den Aufseher mitnehmen, und wenn es kein Grab gäbe, würde er es nicht sehen, und wenn es eines gäbe, dann würde er dem Aufseher die kräftigste Tracht Prügel verabreichen, die der jemals bekommen hatte. Aber der Aufseher war nirgends zu finden. Er war ausgegangen und hatte die Schlüssel mitgenommen. Als der Taipan begriff, daß er nicht in den Friedhof gelangen konnte, fühlte er sich plötzlich erschöpft. Er stieg wieder in seine Sänfte und befahl den Trägern, ihn nach Hause zu bringen. Er würde sich vor dem Essen eine halbe Stunde hinlegen. Er war todmüde. Das war es. Er hatte gehört, daß Leute Halluzinationen hatten, wenn sie müde waren. Als sein Boy hereinkam, um die Kleider zum Dinner herauszulegen, konnte er nur mit großer Willensanstrengung aufstehen. Er hatte das starke Bedürfnis, sich heute nicht für das Essen umzukleiden, aber er widerstand ihm: Er hatte es sich zur Regel gemacht, er hatte sich zwanzig Jahre lang jeden Abend umgezogen, und es ging keinesfalls an, diese Regel zu brechen. Aber er verlangte eine Flasche Champagner zum Essen, und da fühlte er sich wieder behaglicher. Später befahl er dem Boy, den besten Kognak zu bringen. Als er zwei Glas davon getrunken hatte, war er wieder er selbst. Verdammte Halluzinationen! Er ging ins Billardzimmer und führte ein paar schwierige Stöße aus. Viel konnte nicht los sein mit ihm, wenn sein Auge so sicher war. Als er zu Bett ging, sank er augenblicklich in tiefen Schlaf.

Aber plötzlich wachte er auf. Er hatte von diesem offenen Grab geträumt und von den Kulis, die träge schaufelten. Er war sicher, daß er sie gesehen hatte. Es war lächerlich, zu behaupten, daß es eine Halluzination war, wenn er sie mit seinen eigenen Augen gesehen hatte! Dann hörte er die Rassel des Nachtwächters, der seine Runden ging. Es zerbrach die Stille der Nacht so roh, daß es ihn aus der Haut fahren ließ. Entsetzen packte ihn. Er fühlte Grauen vor den gewundenen, menschenwimmelnden Straßen der Chinesenstadt, und es lag etwas Geisterhaftes und Schreckliches in den verschachtelten Dächern der Tempel mit ihren grimassenschneidenden und gequälten Teufeln! Er verwünschte die Gerüche, die seine Nüstern attackierten. Diese Myriaden blaugekleideter Kulis, und die Bettler in ihren verfilzten

Lumpen, und die Händler und die Beamten, glatt, lächelnd, undurchschaubar, in ihren langen, schwarzen Gewändern! Sie schienen ihn zu bedrohen. Er haßte das Land. China. Warum war er jemals hergekommen? Er war in panischer Angst jetzt. Er mußte weg. Er wollte kein Jahr mehr bleiben, keinen Monat. Was kümmerte ihn Schanghai?

„Mein Gott", schrie er, „mein Gott, wär' ich nur sicher in England!" Er wollte nach Hause. Wenn er sterben mußte, dann wollte er in England sterben. Er konnte es nicht ertragen, unter all diesen gelben Menschen begraben zu sein, mit ihren schiefen Augen und ihren grinsenden Gesichtern. Er wollte zu Hause begraben werden, nicht in dem Grab, das er heute gesehen hatte. Er konnte da niemals Ruhe finden. Niemals. Was tat es, was die Leute dachten? Laß sie denken, was sie wollen. Das einzige, worauf es ankam, war zu gehen, solange er noch die Chance dazu hatte.

Er stieg aus dem Bett und schrieb an den Leiter der Firma, erklärte, er habe entdeckt, daß er ernstlich erkrankt sei. Er müsse ersetzt werden. Er könne nicht länger bleiben als unbedingt nötig. Er müsse sofort nach Hause.

Am Morgen fanden sie den Brief zerknittert in der Hand des Taipans. Er war zwischen Stuhl und Tisch zu Boden geglitten. Er war mausetot.

L

SEELENWANDERUNG

Er war anständig, aber keineswegs reich gekleidet. Auf dem Kopf trug er eine kleine runde Kappe aus schwarzer Seide, an den Füßen schwarze Seidenschuhe. Sein blaßgrünes Kleid war aus der geblümten Seide, die in Chiating hergestellt wird, und darüber trug er eine kurze schwarze Jacke. Er war ein alter Mann, mit einem weißen, langen und für einen Chinesen dichten Bart; sein breites Gesicht, das ganz runz= lig war, besonders aber zwischen den Brauen, war gutmütig, und seine große Hornbrille verbarg nicht die Freundlichkeit seiner Augen. Er hatte ganz das Aussehen jener Weisen, die man auf den alten Bildern sehen kann, wie sie am Fuß eines hohen, felsigen Berges in einem Bambushain sitzen, versunken in die Betrachtung des *Ewigen Weges*. Aber jetzt lag auf seinem Gesicht der Ausdruck großen Verdrus= ses, und seine gütigen Augen blickten finster, denn er war in die für einen Mann seines Aussehens ausgefallene Be= schäftigung verstrickt, ein kleines schwarzes Schwein den Weg zwischen den überfluteten Reisfeldern entlangzufüh= ren. Und das kleine schwarze Schwein rannte hierhin und dorthin, mit plötzlichen Rucken und unerwarteten Sprün= gen nach der Seite, rannte nach jeglicher Richtung, nur nicht in die, in die der alte Herr gehen wollte. Heftig zerrte er am Strick, aber das Schwein quiekte und weigerte sich, ihm zu folgen; er redete ihm ernst ins Gewissen, er beschimpfte es, aber das kleine Schwein setzte sich auf seine Hinterbeine und betrachtete ihn mit boshaften Augen. Mit einemmal wußte ich, daß der alte Herr in der Tang-Dynastie ein Phi= losoph gewesen war, der mit Tatsachen sein Gaukelspiel getrieben hatte, wie es die Philosophen tun, in dem er sie seinen Grillen anpaßte, die er seine Theorien nannte; und heute, wer weiß nach wie vielen Leben, büßte er seine Sün= den, indem er nun seinerseits die hartnäckige Tyrannei der Tatsachen erlitt, die er damals so schmählich behandelt hatte.

LI

DAS FRAGMENT

Wenn man China bereist, setzt einen, glaube ich, nichts mehr in Erstaunen als die Leidenschaft für Verzierungen, die den Chinesen beherrscht. Es ist nicht erstaunlich, daß man an Gedächtnisbogen und Tempeln Verzierungen fin= det, denn hier liegt die Gegebenheit auf der Hand, und es ist ganz natürlich, Verzierungen an Möbeln zu finden. Es überrascht auch nicht, obgleich es einem Freude bereitet, ein schmückendes Dekor auf den alltäglicheren Gegenständen des Hausgebrauchs zu finden. Der Zinntopf ist mit einer anmutigen Zeichnung geschmückt, die Reisschale des Kulis hat ihren rohen, aber keineswegs geschmacklosen Schmuck. Man mag sich vorstellen, daß der chinesische Handwerker seine Arbeit nicht für vollendet hält, bevor er nicht durch eine Linie oder eine Farbe die Einfachheit der Oberfläche unterbrochen hat. Er wird sogar auf das Papier, das er zum

Einpacken verwendet, eine Arabeske drucken. Unerwarteter schon ist es, wenn man die sorgfältig gearbeitete Verzierung an einem Schaufenster sieht, das prächtige, vergoldete oder mit Gold hervorgehobene Schnitzwerk des Ladentischs, die komplizierte Gravur des Aushängeschilds. Es mag sein, daß diese Pracht als Reklame dient; aber nur deshalb, weil der Vorübergehende, der mögliche Kunde, Freude an der Schönheit hat; und man neigt dazu, zu glauben, daß auch der Händler, dem das Geschäft gehört, daran Gefallen findet. Wenn er in der Tür sitzt, seine Wasserpfeife raucht und durch seine große Hornbrille eine Zeitung liest, dann müssen seine Augen manchmal vergnügt auf dem phantastischen Schmuck ruhen. Auf dem Ladentisch, in einer langhalsigen Vase, steht ganz für sich eine Nelke.

Und das gleiche Vergnügen am Ornament wird man auch in den ärmsten Dörfern finden, wo die Strenge einer Tür durch ein Stück lieblichen Schnitzwerks gemildert wird, und wo die Gitter der Fenster ein kompliziertes und anmutiges Muster bilden. Und selten trifft man eine Brücke, wie unbesucht die Gegend auch sein mag, ohne in ihr die Hand eines Künstlers zu erkennen. Die Steine sind so angeordnet, daß sie eine ausgeklügelte Verzierung bilden, und es scheint, als richte dieses einzigartige Volk mit sorgsamem Auge darüber, ob eine flache Brücke oder eine mit Bogen am besten mit der Umgebung übereinstimmen wird. Das Geländer wird mit Löwen oder Drachen geschmückt. Ich erinnere mich einer Brücke, die an eben dem Platz, wo sie sich befand, mehr aus der reinen Freude an ihrer Schönheit als für einen nützlichen Zweck erbaut worden sein mußte, da sie, obgleich breit genug für Wagen und Gespann, nur dazu diente, einen schmalen Fußpfad zusammenzufügen, der von einem armseligen Dorf zum andern führte. Die nächste Stadt lag fünfundvierzig Kilometer entfernt. Der breite Fluß, an dieser Stelle sich verengend, floß zwischen grünen Hügeln hin, und an den Ufern wuchsen Nußbäume. Die Brücke hatte kein Geländer. Sie war aus riesigen Granitplatten erbaut und ruhte auf fünf Pfeilern; der mittlere bestand aus einem riesenhaften, phantastischen Drachen mit einem langen Schuppenschwanz. Über die ganze Länge der Brücke war an den Seiten der äußeren Platten ein tiefes Relief eingeschnitten, ein Muster an unvorstellbarer Leichtigkeit, Anmut und Zartheit.

Aber obgleich der Chinese so sorgliche Mühe darauf verwendet, zu verhindern, daß das Auge ermüdet, indem er mit sicherem Geschmack die Ausgefeiltheit einer Verzierung erträglich macht, indem er sie mit einer glatten Oberfläche kontrastiert, befällt einen doch am Ende Überdruß. Der Überfluß verwirrt. Man kann dem Scharfsinn, mit dem sie die Ideen, die sie beschäftigen, variieren, um einem den Eindruck einer dauernd wechselnden Phantasie zu vermitteln, seine Bewunderung nicht versagen, aber die Tatsache, daß es nur wenige Ideen sind, ist offensichtlich. Der chinesische Künstler ist wie ein Geiger, der mit unendlicher Geschicklichkeit zahllose Variationen über ein einziges Thema spielen würde.

Nun, durch einen Zufall begegnete ich einem französischen Arzt, der schon jahrelang in der Stadt praktizierte, in der ich mich damals selbst befand; er war ein Sammler von Porzellan, Bronzen und Stickereien. Er forderte mich auf, seine Sachen anzusehen. Sie waren schön, aber sie waren ein wenig eintönig. Ich bewunderte oberflächlich. Plötzlich stieß ich auf das Fragment einer Büste.

„Aber das ist griechisch", sagte ich überrascht.
„Glauben Sie? Ich freue mich, daß Sie das sagen."
Kopf und Arme waren verloren, und die Statue, denn das war es einmal gewesen, war genau über der Hüfte zerbrochen, aber da war eine Brustplatte mit einer Sonne in der Mitte und einem Relief, das Perseus darstellte, wie er den Drachen tötet. Es war ein Fragment ohne große Bedeutung, aber es war griechisch, und weil ich vielleicht von chinesischer Schönheit übersättigt war, berührte es mich so seltsam. Es redete in einer Zunge, die mir vertraut war. Es brachte mein Herz zur Ruhe. Ich strich mit den Händen über die verwitterte Oberfläche, mit einem Vergnügen, das mich selbst überraschte. Es erging mir wie einem Seemann, der auf seinen Fahrten in tropischen Meeren die träge Lieblichkeit der Koralleninseln und die Pracht der Städte des Ostens kennengelernt hatte, sich dann aber wieder einmal in den schmuddeligen Gäßchen eines Hafens am Kanal befindet. Es ist kalt und grau und schmutzig, aber es ist England.
Der Doktor, ein kleiner, kahlköpfiger Mann mit blitzenden Augen und von reizbarer Art, rieb sich die Hände.
„Wissen Sie, daß man es keine fünfzig Kilometer von hier gefunden hat, auf dieser Seite der tibetischen Grenze?"
„Gefunden!" rief ich aus. „Wo gefunden?"
„*Mon Dieu*, im Boden. Es war zweitausend Jahre begraben. Man hat dies und noch einige Bruchstücke mehr gefunden, auch eine oder zwei erhaltene Statuen, glaube ich, aber sie gingen kaputt, und nur das blieb übrig."
Es war unglaublich, daß griechische Statuen an einem so entlegenen Fleck entdeckt worden sein sollten!
„Aber was ist Ihre Erklärung dafür?" fragte ich.

„Ich nehme an, daß es eine Statue Alexanders war", sagte er.

„Bei Georg!"

Erregung ergriff mich. War es möglich, daß einer der Heerführer des Mazedoniers nach der Expedition nach Indien den Weg in diesen geheimnisumwitterten Winkel Chinas gefunden hatte, der im Schatten der Gebirge Tibets lag? Der Doktor wollte mir Mandschu-Kleider zeigen, aber ich konnte ihnen keine Aufmerksamkeit schenken. Was für ein kühner Abenteurer war er, der so weit nach Osten vorgedrungen war, um ein Königreich zu gründen? Dort hatte er einen Tempel für Aphrodite erbaut und einen für Dionysos, und im Theater hatten die Schauspieler die *Antigone* gesungen und abends hatten in seinen Hallen Barden die *Odyssee* rezitiert. Und wie sie da lauschten, mögen er und seine Männer sich dem alten Seefahrer und seinen Gesellen verwandt gefühlt haben. Welche Pracht beschwor dieses befleckte Bruchstück aus Marmor herauf und welch sagenhafte Abenteuer! Wie lange hatte das Königreich bestanden, und welche Tragödie bezeichnete seinen Fall? Ach, ich konnte jetzt nicht die tibetischen Fahnen betrachten oder Celadontassen, denn ich sah den Parthenon, streng und lieblich, und in der Tiefe, klar und heiter, die blaue Ägäis.

LII

Einer der Besten

Ich könnte mich niemals seines Namens erinnern, aber wann immer im Hafen von ihm gesprochen wurde, beschrieb man ihn als einen der Besten. Er war ein Mann von fünfzig vielleicht, dünn und ziemlich groß, gewandt und gut gekleidet, mit einem kleinen zierlichen Kopf und scharfen Zügen. Seine Augen blickten gutmütig und jovial hinter dem Zwicker. Er war von heiterer Gemütsart und hatte eine Neigung zum Spott, der nicht ohne Wirkung war. Er konnte die Art Witze machen, die Männer herzlich lachen lassen, wenn sie im Club an der Bar stehen, und er konnte angenehm boshaft sein, ohne Bösartigkeit, gegen jedes Mitglied der Gemeinde, das zufällig nicht anwesend war. Sein Humor glich dem eines Komödianten in einer musikalischen Komödie. Wenn man von ihm sprach, hieß es oft:
„Wissen Sie, ich wundere mich, daß er nicht zur Bühne ging. Es wäre ein Hit geworden. Einer der Besten."
Er war immer bereit, einen Drink mit einem zu nehmen, und kaum daß man das Glas geleert hatte, war er schon mit der chinesischen Redewendung bei der Hand:
„Bereit für die zweite Hälfte?"
Aber er trank nicht mehr, als für ihn gut war.
„Oh, man hat ihm den Kopf in der rechten Weise auf die Schultern geschraubt", sagte man. „Einer der Besten."
Wenn der Hut herumging für einen wohltätigen Zweck,

dann konnte man sich immer darauf verlassen, daß er ebensoviel gab wie jeder andere, und er war immer bereit, bei einem Golfwettkampf oder einem Billardturnier mitzumachen. Er war Junggeselle.

„Eine Heirat hat keinen Zweck für einen Mann, der in China lebt", sagte er. „Er muß seine Frau jeden Sommer wegschicken, und dann, wenn die Kinder anfangen, interessant zu werden, müssen sie nach Hause zurück. Es kostet eine verdammte Menge Geld, und es kommt nichts heraus dabei."

Aber er war immer willens, jeder Frau in der Gemeinschaft etwas Gutes zu tun. Er war bei Jardine Nummer Eins, und er hatte oft die Möglichkeit, sich nützlich zu erweisen. Seit dreißig Jahren war er in China, und er brüstete sich damit, kein Wort Chinesisch zu sprechen. Er ging niemals in die Chinesenstadt. Sein Komprador war Chinese, einige seiner Sekretäre, seine Boys natürlich und die Sänftenträger; aber dies waren die einzigen Chinesen, mit denen er etwas zu tun hatte, und es reichte ihm auch.

„Ich hasse das Land, ich hasse die Menschen", sagte er. „Sobald ich genug Geld gespart habe, werde ich abhauen."

Er lachte.

„Wissen Sie, als ich das letzte Mal zu Hause war, schwatzte alle Welt über chinesische Dschunken, Bilder und Porzellan und solchen Kram. Redet mir nicht von chinesischem Zeugs, sagte ich zu ihnen. Ich will, solange ich lebe, nichts Chinesisches sehen." Er wandte sich zu mir.

„Ich will Ihnen etwas sagen, ich glaube nicht, daß ich einen einzigen chinesischen Gegenstand in meinem Haus habe."

Aber wenn man ihn bat, über London zu sprechen, dann

war er augenblicklich bei der Hand damit. Er kannte alle musikalischen Komödien, die seit zwanzig Jahren gespielt worden waren, und über die Entfernung von vierzehntau= send Kilometer war er durchaus in der Lage, über die An= gelegenheiten der Miß Lily Elsie und Miß Elsie Janis auf dem laufenden zu sein. Er spielte Klavier und hatte eine angenehme Stimme; es brauchte wenig Überredung, ihn dazu zu bewegen, daß er sich hinsetzte und die populären Schlager spielte, die er gehört hatte, als er das letzte Mal zu Hause war. Die unendliche Oberflächlichkeit dieses grau= haarigen Mannes wirkte ganz eigentümlich auf mich, war mir sogar ein wenig unheimlich. Aber man klatschte ihm laut Beifall, wenn er zu Ende war.

„Er ist unbezahlbar, nicht wahr", sagte man. „Ja, einer der Besten."

LIII

Der Seebär

Schiffskapitäne sind zum größten Teil langweilige Men= schen. Ihre Gespräche drehen sich um Frachtgelder und La= dungen. Sie haben in den Häfen, die sie besuchen, wenig mehr gesehen als ihr Agenturbüro, die Bar, wo ihr Genre verkehrt, und die Bordelle. Sie verdanken den Zauber der Romantik, den ihre Verbundenheit mit der See über sie ausgebreitet hat, der Einbildung der Landratten. Für sie ist die See ein Mittel zum Lebensunterhalt, und sie kennen sie, wie ein Maschinist seine Maschine kennt, nur von einem

Standpunkt her, der trocken und praktisch ist. Sie sind Männer, Arbeiter, mit engem Gesichtskreis, die meisten nur wenig erzogen und von geringer Bildung; sie sind alle einander gleich, und sie besitzen weder Scharfsinn noch Vorstellungskraft. Schlicht, mutig, ehrenhaft und zuverlässig, so stehen sie vierschrötig in der Unveränderlichkeit des Sichtbaren verankert; man sieht sie ganz deutlich: Sie sind in ihre Umgebung gestellt wie die Gegenstände in einer stereoskopischen Fotografie, so daß man sie von allen Seiten zu sehen glaubt. Sie präsentieren sich uns mit hervortretenden Charakterzügen.

Aber keiner konnte weniger dem Typ zugerechnet werden als Captain Boots. Er war Kapitän eines kleinen chinesischen Dampfers auf dem oberen Jangtse, und weil ich der einzige Passagier war, verbrachten wir eine beträchtliche Menge Zeit zusammen. Aber obgleich er bereitwillig sprach, sogar schwatzhaft war, sehe ich ihn nur schattenhaft; er ist mir nur undeutlich im Gedächtnis geblieben. Ich vermute, daß er meine Erinnerung beschäftigt, weil er mir so listig ausweicht. In seiner Erscheinung war gewiß nichts Ausweichendes. Er war ein großer Mann, einsachtundachtzig, kräftig gebaut, mit ausgeprägten Zügen und einem roten, freundlichen Gesicht. Wenn er lachte, zeigte er eine beachtliche Reihe von Goldzähnen. Er war sehr kahl und glattrasiert; aber er hatte die dicksten, buschigsten, kriegerischsten Augenbrauen, die ich jemals gesehen habe, und darunter sanfte, blaue Augen. Er war Holländer, und obgleich er Holland mit acht Jahren verlassen hatte, sprach er noch mit einem Akzent. Sein Vater, ein Fischer, der mit seinem eigenen Schoner auf der Zuidersee kreuzte, war mit seiner Frau und seinen zwei Söhnen über den weiten Atlantik ge=

segelt, als er hörte, daß bei Neufundland gute Fischgründe waren. Nach einigen Jahren dort und in der Hudsonbai — all das lag jetzt fast ein halbes Jahrhundert zurück — waren sie um Kap Horn nach der Beringstraße gesegelt. Sie jagten Robben, bis ein Gesetz herauskam, um die Tiere, die ausgerottet wurden, zu schützen, und dann kreuzte Boots, ein Mann jetzt und, Gott weiß es, ein braver dazu, hier und dort, erst als dritter, dann als zweiter Maat auf Segelschiffen. Er hatte fast sein ganzes Leben unter Segeln hingebracht und konnte nun, auf einem Dampfschiff, nicht heimisch werden.

„Nur auf ein' Segelboot hat man's bequem", sagte er. „Da is keine Bequemlichkeit, wenn man mit Dampf fährt."

Er war überall gewesen, an der Küste Südamerikas wegen der Nitrate, dann an der Westküste Afrikas, und dann wieder, um Kabeljau vor der Küste Maines zu fischen, in Amerika; und schließlich segelte er mit Frachten von gesalzenem Fisch nach Spanien und Portugal. Eine Kneipenbekanntschaft in Manila setzte ihm in den Kopf, daß er es einmal mit dem chinesischen Zoll versuchen solle. Er machte sich auf nach Hongkong, wo er als Zollbeamter angestellt wurde, und bald darauf erhielt er das Kommando über eine Dampfbarkasse. Er brachte drei Jahre damit hin, die Opiumschmuggler zu jagen, dann hatte er ein wenig Geld auf die Seite gebracht und baute sich einen Fünfundvierzigtonnen-Schoner, mit dem er nach der Beringstraße zu segeln beschloß, um sein Glück wieder mit dem Robbenfang zu versuchen.

„Aber ich glaube, daß meine Leute sich erschreckt habn", sagte er. „Als ich nach Schanghai kam, da hauten sie ab, un ich konnt' keine andern bekommn. So mußt' ich das Boot

verkaufn, un dann heuerte ich auf ein' Segler an, der auf Fahrt nach Vancouver ging."
Und da verließ er dann zum erstenmal das Meer. Er traf einen Mann, der eine patentierte Heugabel vertrieb, und er übernahm es, dafür rund durch die Staaten zu reisen. Es war für einen Seemann eine etwas seltsame Beschäftigung, und sie war auch nicht von Erfolg gekrönt, denn die Firma, die ihn beschäftigte, machte Pleite, und er saß in Salt Lake City auf dem Trockenen. Auf irgendeine Art kam er nach Vancouver zurück, aber er war jetzt von der Idee besessen, an Land zu leben, und er fand bei einem Grundstücksmakler Arbeit. Es war seine Aufgabe, die Käufer von Grundstücken zu ihren Parzellen zu führen und sie, wenn sie nicht zufrieden waren, davon zu überzeugen, daß sie ihren Handel nicht zu bereuen brauchten.

„Wir verkauftn 'nem Burschen 'ne Farm an einem Berghang", sagte er, und seine Augen blitzten bei dieser Erinnerung, „un es war so steil da, daß die Hühner ungleiche Beine hattn, eins war länger als das andere."

Nach fünf Jahren hatte er plötzlich den Einfall, daß er eigentlich gerne nach China zurückgehen würde. Es machte keine Schwierigkeit, einen Job als Maat auf einem Schiff zu finden, das westwärts segelte, und schon war er wieder bei seinem alten Leben. Seitdem war er auf den meisten chinesischen Routen gefahren, von Wladiwostok nach Schanghai, von Amoy nach Manila, und auf allen großen Flüssen; auf Dampfschiffen jetzt, vom zweiten zum ersten Maat aufsteigend, und schließlich, auf chinesischen Schiffen, zum Kapitän. Bereitwillig sprach er von seinen Plänen für die Zukunft. Er war jetzt lange genug in China gewesen, und er sehnte sich nach einer Farm am Fraser. Er würde sich dann selbst ein Boot zimmern und ein wenig Salm und Heilbutt fischen.

„Zeit, daß ich 'n Plätzchen find'", sagte er. „Dreiundfuffzig Jahre war ich auf See. Un das sollt mich nich wundern, wenn ich was vom Bootsbau gelernt hätt'. Bin keiner, der nur an einem Ding klebt."

Damit hatte er recht, und diese seine Rastlosigkeit über= setzte sich in eine seltsame Unentschiedenheit seines Cha= rakters. Es war etwas Flüchtiges um ihn, so daß man nicht wußte, wo ihn packen. Er erinnerte einen an eine Szene in Dunst und Regen auf einem japanischen Druck, wo einem die Zeichnung, kaum angedeutet, beinahe entgleitet. Er be= saß eine ganz besondere Sanftmut, die man bei diesem alten Seebären nicht vermutet hätte.

„Will niemand vorn Kopf stoßen", sagte er. „Sie freund= lich behandeln, das is es, was ich versuche. Un wenn die Leut nich wolln, was du willst, sprich nett mit ihnen, über= red sie. Is gar kein Grund, grob zu wern. Erst versuch man, was du mit Zureden erreichst."

Und das war ein Prinzip, das auf die Chinesen anzuwen= den ganz ungebräuchlich war, und ich wüßte nicht, daß es sonderlich gewirkt hätte, denn nach irgendeiner Schwierig= keit pflegte er in die Kajüte zu kommen, mit den Armen zu fuchteln und zu sagen: „Kann nichts mit ihnen anfangn. Die hörn einfach nich auf die Vernunft."

Und dann glich seine Mäßigung sehr der Schwäche. Aber er war kein Dummkopf. Er hatte Sinn für Humor. Einmal hatten wir über zwei Meter Wassertiefe, und da der Fluß an seiner flachsten Stelle kaum so viel hatte und außerdem gefährlich war, wollte die Hafenbehörde uns unsere Papiere nicht geben, bis ein Teil der Ladung gelöscht wäre. Es war die letzte Fahrt des Schiffes, und es führte den Sold für die Regimenter mit, die einige Tagereisen flußabwärts stationiert waren. Der Militärgouverneur weigerte sich, das Schiff auslaufen zu lassen, es sei denn, die Löhnung würde mitgenommen.

„Schätze, ich muß tun, was Sie verlangen", sagte Captain Boots zum Hafenmeister.

„Sie kriegen Ihre Papiere nicht, bevor ich nicht die Einsfünfzigmarke über dem Wasser sehe", antwortete der Hafenmeister.

„Werde dem Kompradore sagen, daß er was von dem Silber auslädt."

Er nahm den Hafenmeister mit zum Zollclub und traktierte ihn mit Drinks, während dies besorgt wurde. Vier Stunden trank er mit ihm, und als er zurückkam, ging er ebenso aufrecht, wie er weggegangen war. Aber der Hafenmeister war betrunken.

„Ah, seh schon, sie habn sechzig Zentimeter 'runtergebracht", sagte Captain Boots. „Dann is es ja in Ordnung."

Der Hafenmeister sah nach den Zahlen an der Schiffswand, und da war ganz deutlich die Einsfünfzigmarke über dem Wasserspiegel.

„Jetzt ist es richtig", sagte er. „Und jetzt können Sie auslaufen."

„Bin schon weg", sagte der Captain.

Nicht ein Pfund von der Ladung war weg, aber ein schlauer Chinese hatte die Ziffern säuberlich neu gemalt.

Und später, als meuternde Regimenter ein Auge auf das Silber warfen, das wir mitführten, und zu verhindern suchten, daß wir eine Stadt, die am Fluß lag, wieder verließen, zeigte er eine beachtliche Festigkeit. Sein ausgeglichenes

Naturell wurde auf eine harte Probe gestellt, und er sagte: „Niemand hält mich, wo ich nich bleibn will. Bin der Käptn des Schiffs un der Mann, wo die Befehle gibt. Laufe aus."
Der aufgeregte Komprador sagte, daß die Soldaten feuern würden, wenn wir versuchen sollten, auszulaufen. Ein Offi= zier rief einen Befehl, und die Soldaten ließen sich auf ein Knie nieder und brachten ihre Gewehre in Anschlag. Cap= tain Boots beobachtete sie.
„Laß den kugelsichren Schirm 'runter", sagte er. „Hab ge= sagt, daß ich auslaufe, un die chinesische Armee kann zur Hölle fahrn."
Er gab die Kommandos, den Anker zu lichten, und gleich= zeitig gab der Offizier den Feuerbefehl. Captain Boots stand auf seiner Brücke, eine etwas groteske Figur, denn in sei= nem alten blauen Jersey mit seinem roten Gesicht und sei= nem stämmigen Bau sah er genau aus wie jene alten Fischer, die man um die Grimsby Docks herumlungern sieht. Er läu= tete die Glocke. Langsam dampften wir aus dem Hafen, vom Knattern der Gewehre begleitet.

LIV

Die Frage

Sie führten mich zu dem Tempel. Er stand an einem Berg= hang mit einem Halbkreis lohfarbener Berge im Hinter= grund, die ihn gleichsam mit einer äußerlichen Größe, wie auf dem Theater, ausstatteten. Sie wiesen mich darauf hin, mit welch exquisiter Kunst die Gebäude in einer Reihe hügelan stiegen, bis man das letzte Bauwerk erreichte, ein Juwel aus weißem Marmor, von Bäumen umgeben; denn der chinesische Baumeister hatte danach gestrebt, seine Schöpfung zu einer Zierde für die Natur zu machen, und er nutzte die Zufälligkeiten der Landschaft, um seine aus= schmückenden Pläne zu vervollständigen. Sie wiesen mich darauf hin, wie geschickt die Bäume als Kontrast zu dem Marmor eines Torwegs gepflanzt waren, um hier angeneh= men Schatten zu verbreiten oder dort einen Hintergrund zu bilden; und sie machten mich auf die bewundernswerten Proportionen dieser ausladenden Dächer aufmerksam, die sich in reichem Überfluß, eines über dem andern, mit der Anmut von Blumen erhoben; sie zeigten mir, daß die gelben Ziegel von verschiedener Tönung waren, damit die Sinne nicht verletzt würden durch eine allzu große Ausdehnung einer Farbe, sondern erfreut und befriedigt durch eine zarte Verschiedenheit des Tons. Sie zeigten mir, wie das kunstvoll gearbeitete Schnitzwerk eines Torwegs einer Fläche ohne allen Schmuck gegenübergestellt war, so daß das Auge nicht ermüdete. All das zeigten sie mir, während wir durch zier= liche Höfe gingen, über Brücken, die ein Wunder an An= mut waren, durch Tempel mit fremdartigen Göttern, dun= kel und mit fratzenhaften Gesichtern; aber als ich sie dann fragte, was denn die Geisteshaltung sei, die Anlaß zu all diesen Gebäuden war, konnten sie es mir nicht sagen.

LV

Der Sinologe

Er ist ein großgewachsener Mann, ziemlich dick, schlaff, als habe er nicht genug Bewegung, mit einem roten, glattrasier= ten, breiten Gesicht und grauem Haar. Er spricht sehr schnell, auf eine nervöse Art, und mit einer Stimme, die nicht kräf= tig genug ist für seinen Körper. Er lebt in den Gastzimmern eines Tempels gerade vor dem Stadttor, und drei buddhi= stische Priester hüten mit einem winzigen Akoluthen den Tempel und erfüllen die Riten. Es gibt ein paar chinesische Möbel in den Zimmern und eine riesige Zahl von Büchern, aber keinerlei Bequemlichkeit. Es ist kalt, und das Studier= zimmer, in dem wir sitzen, wird von einem Petroleumofen nur unzureichend erwärmt.

Er kann besser Chinesisch als irgendein Mensch in China. Zehn Jahre hat er an einem Wörterbuch gearbeitet, das das eines bekannten Gelehrten verdrängen wird, den er ein Vier= teljahrhundert persönlich nicht hat ausstehen können. Auf diese Weise nützt er den sinologischen Studien und befrie= digt einen privaten Groll. Er hat ganz das Gebaren eines Gelehrten, und man fühlt, daß er am Ende Professor für Chinesisch an der Universität von Oxford werden und dann genau an seinem Platz sein wird. Er ist ein Mann von umfas= senderer Bildung als die meisten Sinologen, die zwar Chine= sisch können mögen, das muß man ihnen eben glauben, die aber, wie beklagenswert offenbar ist, nichts anderes kön=

nen; und das gibt seinen Gesprächen über chinesisches Denken und chinesische Literatur eine solche Fülle und Mannigfaltigkeit, wie man sie nicht oft bei Gelehrten dieser Sprache findet. Weil er sich ganz in seine ungewöhnlichen Arbeiten versenkt und keinen Wert auf Pferderennen und Jagd gelegt hat, halten ihn die Europäer für einen Sonderling. Sie betrachten ihn mit dem Argwohn und der Scheu, mit denen menschliche Wesen immer diejenigen ansehen, die ihren Geschmack nicht teilen. Man vermutet, daß er nicht ganz normal ist, und einige beschuldigen ihn des Opiumrauchens. Und das ist die Beschuldigung, die immer gegen den weißen Mann vorgebracht wird, der versucht hat, sich mit der Zivilisation, in der er den größeren Teil seines Lebens verbringen muß, vertraut zu machen. Man muß nur eine kurze Weile in dieser Behausung verbringen, die bar des allergewöhnlichsten Luxus ist, um zu wissen, daß dies ein Mann ist, der ein ganz und gar dem Geist gewidmetes Leben führte.

Aber es ist ein einseitiges Leben. Kunst und Schönheit scheinen ihn nicht zu berühren, und während ich ihm zuhöre, wie er so verwandt von den chinesischen Dichtern spricht, kann ich nicht anders als mich fragen, ob nicht das Beste am Ende ihm durch die Finger geschlüpft ist. Hier ist ein Mann, der die Wirklichkeit nur durch gedruckte Seiten berührt hat. Der tragische Glanz des Lotos bewegt ihn nur, wenn seine Schönheit in den Versen des Li Po eingefangen ist, und das Lachen blütengleicher chinesischer Mädchen rührt nur in der Vollendung eines hervorragend gemeißelten Quatrains sein Blut auf.

LVI

Der Vizekonsul

Die Träger setzten seine Sänfte im Yamen nieder und banden das Leder los, das ihn vor dem strömenden Regen geschützt hatte. Er streckte seinen Kopf heraus, gleich einem Vogel, der aus dem Nest sieht, dann seinen langen mageren Körper und schließlich seine dürren, langen Beine. Einen Augenblick stand er da, als wisse er nicht recht, was mit sich anfangen. Er war ein noch sehr junger Mann, und seine langen Glieder vergrößerten durch ihre Ungeschicktheit irgendwie die Unreife seines Aussehens. Sein rundes Gesicht (sein Kopf wirkte zu klein für die Länge seines Körpers) war in seiner Frische ganz jungenhaft, und seine freundlichen braunen Augen blickten freimütig und aufrichtig. Das Gefühl der Wichtigkeit, das ihm seine offizielle Stellung gab (es war noch nicht lange her, daß er nur Studentendolmetscher gewesen war), rang mit seiner angeborenen Schüchternheit. Er gab seine Karte dem Sekretär des Richters, und dieser führte ihn in einen Innenhof und bat ihn, Platz zu nehmen. Es war kalt und zugig, und der Vizekonsul war froh um seinen schweren Regenmantel. Ein zerlumpter Diener brachte Tee und Zigaretten. Der Sekretär, ein ausgemergelter Jüngling in einem abgetragenen schwarzen Talar, war Student in Harvard gewesen und froh, sein fließendes Englisch zeigen zu können.
Dann trat der Richter ein, und der Vizekonsul erhob sich.

Der Richter war ein stattlicher Herr, trug dickwattierte Klei=
der, hatte ein großes, lächelndes Gesicht mit einer goldge=
faßten Brille. Sie setzten sich, schlürften ihren Tee und
rauchten amerikanische Zigaretten. Sie plauderten angeregt
miteinander. Der Richter sprach nicht Englisch, aber der
Vizekonsul hatte sein Chinesisch noch frisch im Gedächtnis,
und er mußte sich sagen, daß er sich beachtlich hielt. Bald
darauf erschien ein Diener und sagte dem Richter ein paar
Worte. Der Richter fragte den Vizekonsul sehr höflich, ob
er für das Geschäft bereit sei, das ihn hergeführt hatte. Die
Tür in den äußeren Hof wurde aufgestoßen. Der Richter
ging hindurch und nahm in einem großen Sessel an einem
Tisch Platz, der am Ende der Treppe stand. Jetzt lächelte er
nicht mehr. Unwillkürlich hatte er den seinem Amt eigenen
Ernst angenommen, und in seinem Gang lag trotz seiner
Fettleibigkeit eine eindrucksvolle Würde. Der Vizekonsul
folgte einer höflichen Geste und setzte sich neben ihn. Der
Sekretär stand am Ende des Tisches. Dann wurde die Tür
nach draußen weit aufgestoßen (dem Vizekonsul schien, daß
nichts so dramatisch war wie das Aufstoßen einer Tür), und
schnell, mit einer sonderbaren Eile, trat der Verbrecher ein.
Er ging in die Mitte des Hofs und blieb, seinen Richter an=
blickend, stehen. Links und rechts von ihm ging ein Soldat
in Khaki. Es war ein junger Mann, und der Vizekonsul
dachte, daß er nicht älter sein konnte als er selbst. Er trug
nur eine Hose und ein Hemd aus Baumwolle. Sie waren
verwaschen, aber sauber. Er war barhaupt und barfuß. Er
sah nicht anders aus als irgendeiner der tausend Kulis in
ihrem eintönigen Blau, an denen man jeden Tag in den
überfüllten Straßen der Stadt vorüberging. Der Richter und
der Verbrecher sahen einander schweigend ins Gesicht. Der

Vizekonsul betrachtete das Antlitz des Verbrechers, aber dann schlug er schnell die Augen nieder: Er wollte nicht sehen, was da so offenkundig zu sehen war. Plötzlich fühlte er sich verlegen. Und als er auf den Boden sah, bemerkte er, wie klein die Füße des Mannes waren, wie wohlgestaltet und zierlich; seine Hände waren auf den Rücken gebunden. Er war zierlich gebaut, mittelgroß, von einer Biegsamkeit, die an ein wildes Tier erinnerte, und wie er dastand, auf seinen hübschen Füßen, war eine seltsame Anmut in seiner Haltung. Aber gegen seinen Willen wurden die Augen des Vizekonsuls wieder hingezogen zu diesem ovalen, glatten, faltenlosen Gesicht. Es war fahl. Er hatte oft von Gesich= tern gelesen, die grün vor Schrecken waren, und er hatte es für einen phantasievollen Ausdruck gehalten. Und hier sah er es. Es erschreckte ihn. Es beschämte ihn. Aber auch in den Augen, Augen, die nicht schräg waren, wie man es fälsch= licherweise immer von dem chinesischen Auge annimmt, sondern gradestehend, auch in den Augen, die unnatürlich groß und glänzend schienen und die sich starr auf die des Richters richteten, lag ein Entsetzen, das zu sehen schreck= lich war. Aber als der Richter ihm eine Frage stellte — Ver= handlung und Urteil waren vorüber und er war an diesem Morgen nur zur Identifizierung hergebracht worden —, ant= wortete er keck mit lauter und klarer Stimme. Wie sehr sein Körper ihn auch verraten mochte, er war immer noch Herr seines Willens. Der Richter gab einen kurzen Befehl, und der Mann marschierte, flankiert von seinen zwei Soldaten, hinaus. Der Richter und der Vizekonsul erhoben sich und gingen zu dem Torweg, wo ihre Sänften warteten. Hier stand der Verbrecher mit seiner Bewachung. Obgleich seine Hände gebunden waren, rauchte er eine Zigarette. Ein Kom=

mando von kleinen Soldaten hatte unter dem überhängen=
den Dach Schutz gesucht. Beim Erscheinen des Richters ließ
sie der befehlshabende Offizier antreten. Der Richter und
der Vizekonsul setzten sich in ihre Sänften. Der Offizier
gab einen Befehl, und das Kommando marschierte hinaus.
Ein paar Meter hinter ihm ging der Verbrecher. Dann kam
der Richter in seiner Sänfte und schließlich der Vize=
konsul.
Sie gingen schnell durch die geschäftigen Straßen, und die
Händler begafften die Prozession gleichgültig. Der Wind
war kalt, und gleichmäßig fiel der Regen. Der Verbrecher
in seinem Baumwollhemd mußte gänzlich durchnäßt sein.
Er ging mit einem festen Schritt, den Kopf erhoben, fast
munter. Der Amtssitz des Richters lag in einiger Entfer=
nung von der Stadtmauer, und sie brauchten fast eine halbe
Stunde für den Weg. Dann kamen sie zum Stadttor und
gingen hindurch. Vier Männer in zerlumptem Blau — sie
sahen wie Bauern aus — lehnten neben einem rohgezimmer=
ten und unbemalten Sarg an der Mauer. Der Verbrecher
warf einen Blick darauf und ging vorbei. Der Richter und
der Vizekonsul verließen ihre Sänften, und der Offizier ließ
seine Soldaten halten. Die Reisfelder begannen an der
Stadtmauer. Der Verbrecher wurde zu einem Fußpfad zwi=
schen zwei Feldern geführt. Man befahl ihm, niederzu=
knieen. Aber der Offizier hielt die Stelle nicht für geeignet.
Er befahl dem Mann aufzustehen. Er ging ein oder zwei
Meter weiter und kniete sich wieder hin. Ein Soldat wurde
aus der Truppe abkommandiert und stellte sich hinter den
Gefangenen, ein Meter vielleicht von ihm entfernt. Er hob
sein Gewehr; der Offizier gab das Kommando; er schoß.
Der Verbrecher fiel vornüber. Er zuckte noch ein wenig. Der

Offizier trat zu ihm, und als er sah, daß er noch nicht ganz tot war, schoß er zwei Kugeln aus seinem Revolver in den Körper. Dann ließ er seine Soldaten wieder antreten. Der Richter lächelte den Vizekonsul an, aber es war eher eine Grimasse denn ein Lächeln; sie verzerrte schmerzlich dieses fette, gutmütige Gesicht.

Sie stiegen in ihre Sänften; am Stadttor aber trennten sich ihre Wege; der Richter nickte dem Vizekonsul ein höfliches Lebewohl zu. Der Vizekonsul wurde zum Konsulat zurück= getragen, durch die überfüllten und gewundenen Straßen, wo das Leben wie gewöhnlich seinen Gang nahm. Und wie er so schnell durch die Straßen kam, denn die Konsulats= träger waren tüchtige Burschen, ein wenig abgelenkt von ihren dauernden Rufen nach Platz, dachte er, wie schreck= lich es war, mit Bedacht ein Leben enden zu lassen: Es er= schien als eine ungeheure Verantwortung, zu vernichten, was das Ergebnis zahlloser Generationen war. Die mensch= liche Rasse hatte so lange bestanden, und jeder von uns ist hier als das Ergebnis einer unendlichen Reihe geheimnis= voller Ereignisse. Aber zu gleicher Zeit empfand er verwir= rend die Bedeutungslosigkeit des Lebens. Eines mehr oder weniger, so wenig lag daran. Aber gerade als er das Konsu= lat erreicht hatte, sah er auf die Uhr; er hatte nicht gedacht, daß es so spät war, und er hieß die Träger, ihn zum Club zu bringen. Es war Cocktailstunde, und beim Himmel, er konnte einen brauchen. Ein Dutzend Männer standen an der Bar, als er eintrat. Sie wußten, welchen Auftrag er an diesem Morgen gehabt hatte.

„Nun", sagten sie, „haben Sie gesehen, wie der Lump er= schossen wurde?"

„Wetten, daß ich es sah", sagte er laut und leichthin.

„Verlief alles glatt?"
„Er wand sich ein bißchen." Er wandte sich zu dem Bar=
mann. „Dasselbe wie gewöhnlich, John."

LVII

Die Stadt auf dem Felsen

Man sagt von ihr, daß die Hunde bellen, wenn dort ein=
mal zufällig die Sonne scheint. Es ist eine graue und
schwermütige Stadt, immer in Dunst gehüllt, denn sie steht
auf einem Felsen, wo sich zwei große Ströme treffen, so daß
sie auf allen Seiten außer einer von trüben, rauschenden=
den Fluten umspült wird. Der Fels ist wie der Bug einer
alten Galeere, und es scheint, als sei er besessen von einem
seltsamen, unnatürlichen Leben, bebend vor Anstrengung;
und es ist, als sei er immer dabei, mit Wucht auf den lär=
menden Fluß hinauszufahren. Rauhe Berge schließen die
Stadt ringsum ein.
Außerhalb der Mauern stehen schmutzige Häuser auf Pfäh=
fen, und hier lebt, wenn der Fluß niedrig steht, eine gefähr=
liche Bevölkerung von den Bedürfnissen der Schiffer; denn
am Fuß des Felsens ankern tausend Dschunken, eng inein=
ander verkeilt, und das Leben der Menschen dort hat das
Ungestüm des Wassers. Eine steile und gewundene Treppe
führt zu dem großen Tor, das von einem Tempel bewacht
wird, und hier gehen den ganzen Tag die Wasserträger hin=
auf und hinunter mit ihren tropfenden Kübeln. Und von
den Spritzern sind die Stufen und die Straße, die von dem

Tor wegführt, so naß wie nach einem heftigen Regen. Es ist schwierig, länger als ein paar Minuten auf gerader Straße zu gehen, und es gibt hier ebenso viele Treppen wie in den Hügelstädten an der italienischen Riviera. Und weil so wenig Platz ist, drängen sich die Straßen zusammen, eng und finster, und schlängeln sich ohne Ende, so daß man seinen Weg sucht wie in einem Labyrinth. Das Gedränge ist so dicht wie auf dem Pflaster Londons, wenn ein Thea= ter gerade seine Besucher ausspeit. Man muß sich seinen Weg da hindurchbahnen, jeden Augenblick zur Seite treten, wenn Sänften vorbeikommen und Kulis, die ihre ewigen Lasten schleppen, und fliegende Händler, die nahezu alles feilbieten, was jemand sich nur wünschen könnte, rempeln dich an, wenn du vorübergehst.

Die Geschäfte sind zur Straße hin weit offen, sie haben keine Fenster oder Türen, und auch in ihnen herrscht Ge= dränge. Sie sind wie eine Ausstellung von Kunst und Handwerk, und man bekommt eine Vorstellung davon, wie eine Straße im mittelalterlichen England ausgesehen haben mag, als jede Stadt noch selbst fertigte, was für ihren Be= darf vonnöten war. Die verschiedenen Gewerbe sind je= weils zusammengedrängt, und so kommt man durch eine Straße von Metzgern, wo Tierleiber und Eingeweide blutig zu beiden Seiten hängen, mit Fliegen, die um sie herum= summen, und räudigen Hunden, die hungrig darunter her= umstreichen; man kommt durch eine Straße, wo in jedem Haus eine Handweberei ist und die Menschen eifrig dabei sind, Tuch oder Seide zu weben. Es gibt unzählige Speise= häuser, aus denen schwere Düfte dringen, und hier trifft man zu allen Stunden Leute beim Essen. Dann, gewöhnlich an einer Ecke, sieht man Teehäuser, und auch hier sind die

Tische den ganzen Tag mit Menschen besetzt, die Tee trin=
ken und rauchen. Die Barbiere betreiben ihr Geschäft vor
aller Augen, und man sieht Männer geduldig auf ihren ge=
kreuzten Armen lehnen, während sie rasiert werden; an=
dere lassen sich die Ohren reinigen, und einige, ein absto=
ßendes Schauspiel, die Innenseite ihrer Lider auskratzen.
Es ist eine Stadt von tausenderlei Geräuschen. Da gibt es
die Hausierer, die ihr Erscheinen durch einen hölzernen
Gong ankündigen; die Klöppel des blinden Musikers oder
der Masseuse; das schrille Falsett eines Mannes, der in
einer Taverne singt; das laute Schlagen eines Gongs, das
aus einem Haus dringt, in dem eine Hochzeit oder ein Be=
gräbnis gefeiert wird. Da sind die heiseren Schreie der
Kulis und Sänftenträger; das drohende Wimmern der Bett=
ler, Karikaturen der Menschheit, ihre ausgemergelten Glie=
der kaum von den Lumpen bedeckt und abstoßend in ihren
Krankheiten; die spröde Melancholie des Hornisten, der un=
aufhörlich einen Ruf übt, der ihm nicht gelingt; und dann,
wie ein Baß, gegen den dies alles eine wilde Melodie ist,
der aufdringliche Lärm der Unterhaltungen, der lachenden,
zankenden, scherzenden, schreienden, streitenden und
schwatzenden Menschen. Es ist ein Lärm, der kein Ende
nimmt. Zuerst ist er bemerkenswert, dann verwirrend, er=
bitternd, und schließlich macht er einen rasend. Man sehnt
sich nach einem Augenblick völliger Stille. Und es scheint
einem, dies wäre ein wollüstiges Vergnügen.
Und mit dem ermüdenden Gedränge und dem Lärm, der
die Ohren erschöpft, ist ein Gestank verbunden, den Zeit
und Erfahrung einen in tausend verschiedene Gerüche zu
zerlegen befähigen. Deine Nase wird geschickt. Faule Ge=
rüche reißen an deinen gequälten Nerven wie der Klang

barbarischer Instrumente, die eine schreckliche Symphonie spielen.

Man kann nicht sagen, was das Leben dieser Tausende ist, die einen umbranden. Dem eigenen Volk gegenüber geben einem Mitgefühl und Kenntnis einen Anhaltspunkt; man kann in ihr Leben eindringen, wenigstens mit Hilfe der Vorstellungskraft, und sie in gewisser Weise wirklich be= sitzen. Durch die Bemühung der Vorstellungskraft kann man sie nach einer Art zu einem Teil seines Selbst machen. Aber diese hier sind so fremd für dich, wie du für sie fremd bist. Du besitzt keinen Schlüssel zu ihrem Geheim= nis. Denn ihre Ähnlichkeit mit dir in so vielem hilft dir nicht; eher dient sie dazu, ihre Verschiedenheit noch mehr zu betonen. Jemand erregt deine Aufmerksamkeit, ein blas= ser Jüngling mit einer großen Hornbrille und einem Buch unter dem Arm, dessen wissensdurstiger Blick dir gefällt, oder ein alter Mann, der eine Kapuze trägt, mit einem dün= nen grauen Bart und müden Augen: Er sieht aus wie einer jener Weisen, die die chinesischen Maler inmitten einer fel= sigen Landschaft gemalt haben, und unter Kang-hsi in Por= zellan modelliert; aber ebensogut könntest du eine Ziegel= steinmauer betrachten. Es gibt nichts, woran du dich halten könntest, du weißt nicht das geringste von ihnen, und deine Vorstellungskraft wird betrogen.

Aber wenn du die Spitze des Berges erreichst und wieder zu der mit Zinnen bewehrten Mauer gelangst, die die Stadt umringt, und durch das finsterblickende Tor gehst, kommst du zu den Gräbern. Sie dehnen sich über das Land, eine Meile, zwei, drei, vier, fünf, nicht abreißende grüne Erd= wälle, hügelan, hügelab, mit grauen Steinen, zu denen die Menschen einmal im Jahr kommen, um Trankopfer zu

bringen und den Toten zu erzählen, wie es den Lebenden ergeht, die sie zurückgelassen haben; und sie drängen sich ebenso dicht, die Toten, wie sich die Lebenden in der Stadt drängen; und sie scheinen die Lebenden zu bedrängen, als wollten sie sie in den den trüben, wirbelnden Fluß stoßen. Es liegt etwas Bedrohliches in diesen dichten Reihen. Es ist, als belagerten sie die Stadt, mit einer finsteren Unbarm=
herzigkeit, die Zeit abwartend; als würden sie am Ende, unwiderstehlich wie das Schicksal selbst, diese brodelnde Menge vor sich hertreiben, bis die Häuser und die Straßen von ihnen bedeckt wären und die grünen Erdwälle hinunter=
reichten bis an das Wassertor. Dann würde hier das Schwei=
gen wohnen, das Schweigen, das nichts mehr störte.

Sie sind gefährlich, diese grünen Gräber, sie verbreiten Schrecken. Sie scheinen zu warten.

LVIII

Ein Trankopfer für die Götter

Sie war eine alte Frau, und ihr Gesicht war runzlig und tief gefurcht. In ihrem grauen Haar bildeten drei lange Sil=
bermesser einen phantastischen Kopfputz. Ihre Kleidung, ein verwaschenes Blau, bestand aus einer langen, abgetra=
genen und geflickten Jacke und Hosen, die ein wenig unter die Waden reichten. Ihre Füße waren nackt, aber um einen Knöchel trug sie einen Silberreif. Es war offensichtlich, daß sie sehr arm war. Sie war nicht dick, aber kräftig gebaut, und in ihrer Jugend mußte sie die schwere Arbeit, in der

ihr Leben hingegangen war, ohne Anstrengung geleistet haben. Sie ging langsam, mit dem gesetzten Schritt der älteren Frau, und trug an ihrem Arm einen Korb. Sie kam hinunter zum Hafen; er wimmelte von bemalten Dschunken; ihre Augen ruhten einen Augenblick neugierig auf einem Mann, der auf einem schmalen Bambusfloß stand und mit Kormoranen fischte. Dann machte sie sich an ihr Geschäft. Auf den Steinen des Kais, am Rand des Wassers stellte sie ihren Korb ab und nahm eine rote Kerze heraus. Sie zündete sie an und klemmte sie in einen Spalt zwischen den Steinen. Dann nahm sie einige Räucherstäbchen, hielt jedes einen Augenblick in die Kerzenflamme und stellte sie um die Kerze herum auf. Sie nahm drei winzige Schälchen und füllte sie mit einer Flüssigkeit, die sie in einer Flasche mitgebracht hatte. Dann stellte sie sie säuberlich in eine Reihe. Sie nahm aus ihrem Korb Rollen von Papiergeld und Papierschuhen, entrollte sie, damit sie leicht brennen würden. Sie machte ein kleines Freudenfeuer, und als es gut brannte, nahm sie die drei Schälchen und goß eine Kleinigkeit von ihrem Inhalt vor den Räucherstäbchen aus. Sie verneigte sich dreimal und murmelte gewisse Worte. Sie stocherte in dem brennenden Papier, daß die Flammen hell auflodderten. Dann leerte sie die Schälchen auf die Steine und verneigte sich wieder dreimal. Niemand nahm die geringste Notiz von ihr. Sie nahm noch etwas Papiergeld aus ihrem Korb und warf es ins Feuer. Dann, ohne ein weiteres Aufheben zu machen, nahm sie ihren Korb wieder auf und ging mit demselben gemächlichen, ziemlich schweren Schritt davon. Die Götter waren gebührend versöhnt, und wie eine alte Bäuerin in Frankreich, die ihr Tagewerk befriedigend getan hatte, wandte sie sich andern Dingen zu.

E. M. Forster
in der nymphenburger

WIEDERSEHEN IN HOWARDS END

Nach dem großen internationalen Erfolg seines Werkes »Zimmer mit Aussicht« präsentiert sich E. M. Forster mit »Wiedersehen in Howards End«, einer bittersüßen Liebesgeschichte voll Sehnsucht und Zärtlichkeit, voll Leidenschaft und Trauer, wiederum als wahrer Meister des klassischen englischen Gesellschaftsromans.
»Kaum einer versteht es wie E. M. Forster, die nachviktorianische Zeit mit so viel Einfühlungsvermögen, gemischt mit feiner Ironie, lebendig werden zu lassen.«
Times Magazin

ENGEL UND NARREN

Die Wiederentdeckung eines der klassischen Gesellschaftsromane. E. M. Forster erweist sich einmal mehr als Meister englischer Erzählkunst. Mit viel Witz und Ironie werden die Verstrickungen einer jungen englischen Witwe in die Fallen der Liebe geschildert.